澎湃岷灣

菲律賓・華文風 叢書 03（極短篇）

許少滄 著

楊宗翰 主編

【主編序】

在台灣閱讀菲華，讓菲華看見台灣

——出版《菲律賓・華文風》書系的歷史意義

楊宗翰

很難想像都到了二十一世紀，台灣還是有許多人對東南亞幾近無知，更缺乏接近與理解的能力。對台灣來說，「東南亞」三個字究竟意味著什麼？大抵不脫蕉風椰雨、廉價勞力、開朗熱情等等；但在這些刻板印象與（略帶貶意的）異國情調之外，台灣人還看得到什麼？說來慚愧，東南亞在台灣，還真的彷彿是一座座「看不見的城市」：多數台灣人都看得見遙遠的美國與歐洲；對東南亞鄰國的認識或知識卻極其貧乏。他們同樣對天母的白皮膚藍眼睛洋人充滿欽羨，卻說什麼都不願意跟星期天聖多福教堂的東南亞朋友打招呼。

台灣對東南亞的陌生與無視，不僅止於日常生活，連文化交流部分亦然。二〇〇九年台北國際書展大張旗鼓設了「泰國館」，以泰國做為本屆書展的主體。這下總算是「看見泰國」了吧？可惜，展場的實際情況卻諷刺地凸顯出台灣對泰國的所知有限與缺乏好奇。迄今為止，台灣完全沒有培養過專業的泰文翻譯人才。而國際書展中唯一出版的泰文小說，用的還是中國大陸的翻譯。試問：沒有本土的翻譯人才，要如何文化交流？又能夠交流什麼？沒有真正的交流，台灣人又如何理解或親近東南亞文化？無須諱言，台灣對東南亞的認識這十幾年來都沒有太大進步。台灣對東南亞的理解，層次依然停留在外勞仲介與觀光旅遊——這就是多數台灣人所認識的「東南亞」。

東南亞其實就在你我身邊，但沒人願意正視其存在。台灣人到國外旅遊，遇見裝滿中文招牌的唐人街便備感親切；但每逢假日，有誰願意去台北市中山北路靠圓山的「小菲律賓」或同路段靠台北車站一帶？一旦得面對身邊的東南亞，台灣人通常會選擇「拒絕看見」。拒絕看見他人的存在，也許暫時保衛了自己的純粹性，不過也同時拒絕了體驗異文化的契機。說到底，「拒絕看見」不過是過時的國族主義幽靈（就像曾經喊得震天價響，實則醜陋異常的「大福佬（沙文！）主義」），只會阻礙新世紀台灣人攬鏡面對真實的自己。過往人們常囿於身分上的本質主義，忽略了各民族文化在歷史上多所交融之事實。如果我們一味強調獨特、純粹、傳統與認同，必然會越來越種族主義化，那又如何反對別人採用種族主義的方式來對付我們？與其矇眼「拒絕看見」，不如敞開心胸思考：跟台灣同樣擁有移民和後殖民經驗的東南亞諸國，難道不能讓我們學習到什麼嗎？台灣人刻板印象中的東南亞，究竟跟真實的東南亞距離多遠？而真實的東南亞，又跟同屬南島語系的台灣距離多近？

台灣出版界在二〇〇八年印行顧玉玲《我們》與藍佩嘉《跨國灰姑娘》，為本地讀者重新認識東南亞，跨出了遲來卻十分重要的一步。這兩本以在台外籍勞工生命情境為主題的著作，一本是感性的報導文學，一本是理性的社會學分析，正好互相補足、對比參照。但東南亞當然不是只有輸出勞工，還有在地作家；東南亞各國除了有泰人菲人馬來人，也包含了老僑新僑甚至早已混血數代的華人。《菲律賓・華文風》這個書系，就是他們為自己過往的哀樂與榮辱，所留下的寶貴記錄。

東南亞何其之大，為何只挑菲律賓？理由很簡單，菲律賓是離台灣最近的國家，這二、三十年來台灣讀者卻對菲華文學最感陌生（諷刺的是：菲律賓華文作家在一九八〇年代以前，一度以台灣作為主要發表園地）。(註一) 東南亞各國中，以馬來西亞的華文文學最受矚目。光是旅居台灣的作家，就有陳鵬翔、張貴興、李永平、陳大為、鍾怡雯、黃錦樹、張錦忠、林建國等健筆；馬來西亞本地作家更是代有才人、各領風騷，隊伍整齊，好不熱鬧。以今日馬華文學在台出版品的質與量，實在已不宜再說是「邊緣」（筆者便曾撰文提議，《台灣文學史》撰述者應將旅台馬華作家作品載入史冊）；但東南亞其他各國卻沒有這麼幸運，在台灣幾乎等同沒有聲音。沒有聲音，是因為找不到出版渠道，讀者自然無緣欣賞。近年來台灣的文學出版雖已見衰頹但依舊可觀，恐怕很難想像「原來出版發行這麼困難」、「原來華文書店這麼稀少」以及「原來作者真的比讀者還多」——以上所述，皆為東南亞各國華文圈之實況。或許這群作家的創作未臻圓熟、技藝尚待磨練，但請記得：一位用心的作家，應該能在跟讀者互動中取得進步。有高水準的讀者，更能激勵出高水準的作家。讓我們從《菲律賓・華文風》這個書系開始，在台灣閱讀菲華文學的過去與未來，也讓菲華作家看見台灣讀者的存在。

＊註一：台灣跟菲律賓之間最早的文藝因緣，當屬一九六〇年代學校暑假期間舉辦的「菲華青年文藝講習班」（後改為「菲華文教研習會」）。此後菲國文聯每年從台灣聘請作家來岷講學，包括余光中、覃子豪、紀弦、蓉子等人。一九七二年九月二十一日總統馬可士（Ferdinand Marcos）宣佈全國實施軍事戒嚴法（軍統）之後，所有的華文報社被迫關閉，所有文藝團體也停止活動。後來僥倖獲准運作的媒體亦不敢設立文藝副刊，菲華作家們被迫只能投稿台港等地的文學園地。軍統時期菲華雖無出版機構，但施穎洲編的《菲華小說選》與《菲華散文選》（台北：中華文藝，一九七七）、鄭鴻善編選的《菲華詩選全集》（台北：正中，一九七八）卻順利在台印行面世。八〇年代後期，台灣女詩人張香華亦曾主編菲律賓華文詩選及作品選《玫瑰與坦克》（台北：林白，一九八六）、《茉莉花串》（台北：遠流，一九八八）。

目次

主編序

輯一

輯二

輯三

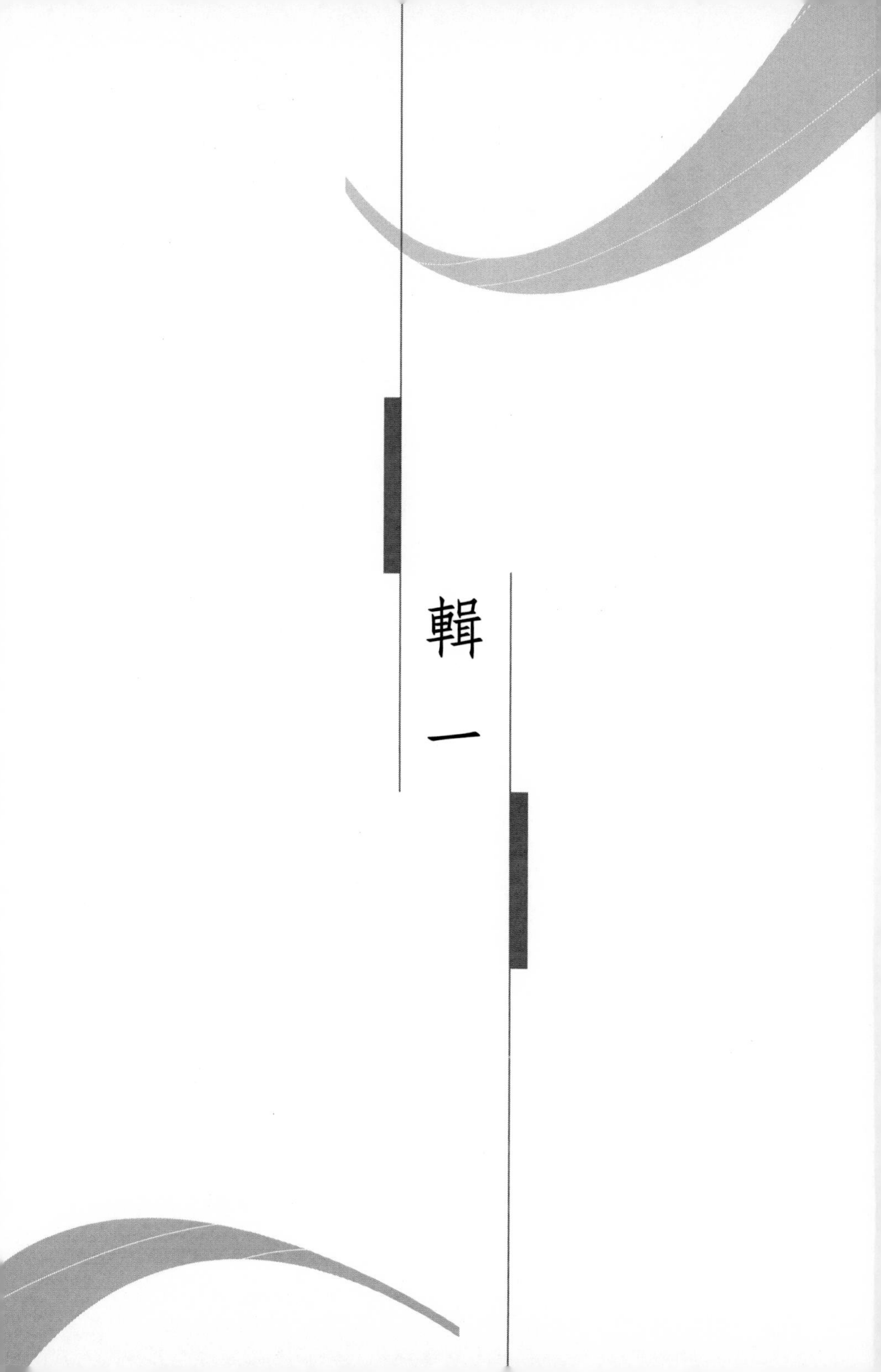

輯一

中華文化宣揚者

今天，是周女士接受「菲華傑出文化工作者」頒獎日子。一大早，她便打扮得雍容華貴，準九時出席頒獎典禮。她坐在台上的受獎席位，窺眼環顧四周，偌大的禮堂，已坐得人山人海，座無虛席。的確地，大家對這個頒獎典禮的重視，正說明菲華社會是多麼注重中華文化的傳薪。早在十多二十年前，華校菲化後，華文教育一落千丈，華社有識之士便痛心疾首大聲呼籲拯救華文教育。因為沒有華文就沒有中華文化，沒有中華文化就沒有所謂華社的存在。身為一位華人，她感動之餘，便毅然決然一面執起教鞭，一面在報章雜誌為文宣揚中華文化。辛苦地教了數十載的書，最後不支地生了一場大病，她才不得不聽醫生的勸告，停止了教書生涯。然而閒來時她還依然執著為發揚中華文化在報章雜誌發表文章，時還參加有關文化的任何活動。

這個「菲華傑出文化工作者」獎，是由華社數千、數萬的團體聯合主辦的，甄選之嚴格，對某人選的平時表現都需有根有據，然後審查再審查！完全排除了勢力及感情從中作梗；所以，推薦的人雖多，有資格獲選的卻廖廖無幾，一年頂多只有一、兩位而已；且數十年來，也並非年年都有人獲選。根據記錄，就前一連三載，便沒有人獲選，而這次唯周女士一人獲選。

受獎時，周女士感激得情不能自己。在致答謝詞，她激動涕零地說：

「……我慚愧得很，今天我的得獎，是承蒙大家厚愛，因為我自問，我對中華文化的傳播做到了什麼？可謂一點也沒有。就說我的兩個兒女吧，我悔恨在他們啟蒙時，沒有馬上將他們送到故國讀書去，結果數十年教育下來，中不中，西不西，中文報既讀不來，中文字也寫不來。為今之計，我決定明年在長兒中學畢業後，要將他送到台灣學中文去，小女再一年畢業後也要送到北京去，好讓這一對兒女將來都能說一口流利及寫一筆好的中文來。……」

在座的人聽得又感動又慨歎，都佩服周女士的決斷。

是晚，周女士一家團在一起用晚膳時，長兒便問周女士說：

「媽媽，你明年決定要將我送到台灣讀書去嗎？」

「誰說的！」

「哦！今天早上妳受獎時不是向大家宣佈說的嗎？」

「那只是說說吧了！」

「但是大家都很欽佩妳的決斷！」

「就是要讓人家欽佩，才這樣宣佈說的。」

「妳的意思是……」兒子愣住了。

「照原定計劃進行。」周女士斬釘截鐵說：「明年中學畢業後，就去報考美國大學，到美國讀書去。」

「我呢？媽！」小女停止用飯問。

「也是照原定計劃，沒有變。」周女士瞧一瞧小女兒說：「我要你兩都將英文修得更好。」

「媽！妳這不是矛盾，言行不一嗎？」長兒問。

「這……這沒有矛盾，也沒有所謂言行不一。」周女士轉一轉瞳子，好整以暇地回答：「我宣揚我的中華文化，你們學你們的英文，各行其是，你們懂嗎？」

二〇〇〇・二月

「紙老虎」的故事

自從中共偉大的領導人毛主席以超人的洞察力看穿美國是隻「紙老虎」後，終於使其黎民對美國有了進一步的認識。

如老黃，他從此對美國這個「假強國」便嗤之以鼻。

尤其是最近美國的所作所為，更讓老黃鄙視地肯定美國確確實實是隻「紙老虎」。

就說那一天早上，老黃到倫禮沓公園運動畢，便跟朋友三五成群到王彬街華人區用咖啡去，順便在王彬街報攤買了一份晨報。進了餐廳，坐下來打開一看，赫然有條有關一架美國戰鬥機濫炸南斯拉夫共和國的新聞直接映進他的眼簾。他的正義感馬上呼之而出，血壓隨之往上冒，手掌發抖地指著報上的新聞，對著在座的朋友們忿忿不平地說：

「你們瞧瞧，真是豈有此理，美國這個國家，就專門只會欺壓手無寸鐵的弱小國家，這算是哪門大國？我就說：只能算是一隻紙老虎。」

再一次，老黃正在家裏跟家人一起用晚膳。數十年來，他已習慣一邊用飯，一邊看電視。這時，剛是新聞報告時間，老黃靜觀著；突然，有一條新聞深深地吸引著他，打動他的神經系統。原來，這則新聞是位美國十二歲小學生，帶著父親的手槍到學校，以擊殺同學玩玩，結果釀成十多條人命被慘斃的大悲劇。老黃觀後，頗有心得地指著電視對妻兒說：

「你們瞧瞧！美國教育是敗壞到了如此田地，任由學童攜槍到學校去。我就看不出美國的教育制度好在那裏，頂多也只是紙老虎教育。……」

不日，有一則新聞報告說，到美國留學的中國大陸學子人數，現已超越世界各國到美國留學的學生，而居世界第一位了。

看罷這則新聞，長兒不解問老黃道：

「爸爸！為什麼有那麼多中國大陸學子要到美國留學去呢？」

「是呀！不是說美國的教育制度頂多只是紙老虎教育嗎？」次兒也接口問。

「也是的，紙老虎的教育讀它做什麼？」么兒不慌不忙也搭上一口。

「這……」老黃一時為難的答不出話來。

……

又隔不久，從美國眾議院傳來一則消息，說美國眾議院經七小時多的辯論，終於以二三七票對一九七票通過一項給予中共永久貿易優惠議案。是晚，老黃獲得這「好消息」後，便興奮地對妻兒道：

「美國國會這次的行動算是明智的決擇。」

長兒聽了有所疑惑地問：

「爸爸！為什麼中共每年對美國的最惠國待遇的年度審議，總是那樣緊張兮兮的呢？」

不待老黃回答，次兒不服又先接口道：

「是的！美國是隻紙老虎，有否最惠國待遇，有什麼可稀罕呢？」

么兒也不服道：

「不錯！美國這隻紙老虎，中共不跟它貿易，也算不了一回什麼事！」

老黃聽完三個兒子的話，沉吟一下，才幽幽說：

「話不能這樣說，爭取美國永久貿易優惠議案，中共要加入世貿組織，才會比較順利又容易。」

三個兒子一聽，都不覺目瞪口呆，沮喪齊聲道：

「這樣說來，美國這隻紙老虎對左右中共前途還是有著舉足輕重的力量！」

「……」

二〇〇〇・六月

出名狂

老蔡總是悶悶不樂，大家都不明白是何原因。

因為若提說人生在世，最重要及最有意義的生活，莫過是名利的追求；那麼！名與利對老蔡來說，他老早已擁有在身邊。誠然的，在這個菲華社會裏，一提起老蔡，如雷灌耳，誰不認識？知名度之高，是無人能出其左的；至於他的財富，經過世界「財富最準確調查委員會」調查，老蔡的財產是名列世界十大首富之第五或六位。所以，以老蔡在當今的財富與社會地位，是人人夢寐以求，羡慕死人的，令人想不通還有什麼事使他終日不快樂的呢？

老蔡的悶悶不樂不久也傳到他的老友亞趙耳朵裏，亞趙也想不通老蔡有什麼苦悶的事呢？但想著當時他潦倒時，老蔡曾義氣非常地伸手幫助過他；如今，老蔡有難，他便覺得他是責無旁貸需要給老蔡幫忙的，儘管他是居住那樣遙遠——棉蘭佬最南端，他也需要赴岷市一趟，去了解一下老蔡的苦悶，因為他自信，以他的智足多謀，定能幫助老蔡解決問題的。

亞趙來到岷市後，一經跟老蔡接觸，便了然於胸。

原來，老蔡悶悶不樂，探其根原，無他，乃覺得知名度不夠高也！他對亞趙說：「我的財富是世界十大首富之第五或六位，然知名度只限於菲華社會及菲律賓，一踏出菲律賓，人家就不認識我了。」

「說得也是。」亞趙同情地點點頭。「這實在是委屈你。」

「但是，我想來想去，就是不知要如何打響我的知名度。」老蔡歎口氣地說。

「這……這……」亞趙一時也想不出辦法來。

「所以，你想，我怎麼樣不會總是悶悶不樂呢？」

亞趙不作聲，思索著。

驟地，腦海裏靈光一閃，亞趙想到什麼好辦法了，他從椅子裏跳起來，高興地說：「有了！有了！有辦法了！我問你，在當今亞洲諸國家中，那個領袖聲望最高？」

「這還用著問，當然是江澤民！」老蔡白了亞趙一眼。「這跟我的知名度有什麼關係？」

「大大有關係！」亞趙不理老蔡的白眼，繼續他的好辦法。「你若能見見江澤民一面，跟他並肩合照一相片，然後登在報紙上。人人一看到江澤民，自然而然就會注意到你，所謂『水漲船高』，你的知名度也就會隨江主席響徹整個亞洲了。」

老蔡一聽，覺得甚為至理，不禁喜出望外，站起身拍拍亞趙的右肩說：「還是你行，有辦法！」但是剛說完，忽然考慮到了什麼似的，有所顧慮再說：「可是，我要如何見到江主席呢？」

「哈哈！這容易得很，就包在我身上好了。」亞趙胸有成竹地拍拍胸。

不久，老蔡便到了中南海謁見江澤民，跟江澤民握手又拍照，照片皆在各報登出。一時間，江澤民跟老蔡幾乎成了連體人，人們只要一提到江澤民就會連想到老蔡，老蔡的名字就這樣迅速地在亞洲各國翻江越嶺，無人不識。

老蔡高興得夜夜都幾乎睡不著覺，他感激又感激亞趙，悶悶不樂在其心頭一掃而空。

然而，隔不多久，他又開始悶悶不樂起來了。

亞趙得悉後，又趕快找老朋友問去。

「又有什麼問題了？」

「你想，我的財富是世界級的，知名度僅亞洲級，這公平嗎？」老蔡抱怨地說。

亞趙權衡一下，同意說：「是不公平。」

「所以我的知名度也應該是世界級的。」

「這樣子，你應該去見見美國總統。」亞趙想一想說。

「我也正這樣想。」老蔡有些樂了。

「可是……可是這一次我可就沒有把握為你安排去見面的。」亞趙落寞地說。

「那該怎麼辦？」老蔡急了。

「這樣吧！如果你願意，我們先到美國華盛頓去，再伺機行事。」亞趙提議說。

「這樣也好！」

兩人來到了美國華盛頓，亞趙便開始穿針引線，然而，一個月、兩個月過去了，依然不得要領。白宮助理員告訴他們說，總統實在太忙，抽不出時間接見他們；並且選舉又將來臨，恐怕他們更沒有機會在白宮見到總統了。只有請他兩原諒。

無奈之下，老蔡幾乎欲哭無淚。

亞趙見到老朋友這樣子，於心實在不忍，想來想去，忽想出一計來。

「老蔡！你就在白宮門前跟助理員合拍一照片吧！」

「這有什麼用？」老蔡不情願地說。

「是有用的。」

不日，照片在各報登上了，照片旁邊註明寫著：

老蔡應美國總統柯林頓邀請，於某月某日飛往美國首都華盛頓，兩人在白宮懇切地交換對當前世界局勢的看法後。圖為老蔡離開白宮時在白宮門前跟一助理員攝影留念。

消息見報後，又是「水漲船高」，老蔡的知名度從亞洲傳播到整個世界。

老蔡笑得大嘴再也合不上來，他對亞趙說：「現在我的知名度應該要進一步送到月球去。」

「……」亞趙啞然呆住。

二〇〇〇・六月

跌破眼鏡

再說老黃的朋友老董，也跟老黃一樣，對當年毛主席的超人洞察力——看穿美國是隻「紙老虎」佩服備至。

再經過數十寒暑的觀察，看到的美國，是國體一年不如一年，不僅因經濟年年退縮而成為世界第一負債國，社會治安更是愈來愈脫序；相反地，掉頭瞧瞧今日中國大陸，自開放後，國家建設是一日千里，經濟欣欣向榮已是世界第二外匯儲備國，軍事科技發展更是日新月異。國家前景正是一片康莊光明，超越歐美是屈指可待了。在在說明中國大陸是走對了路線——特色的馬列主義。所以，老董非但相信美國是隻不折不扣的「紙老虎」，更深深地相信中國唯有在共產黨的領導下，中國方有富強康樂的前途可言。

做為一位菲籍華裔，老董為要表達對「娘家」的愛心與支持，他便每年至少都要回國參觀一兩次，不是帶團觀摩去，就是攜眷遊玩去。每次回菲後，他都有感地對人家說：

「假使用一日千里，或突飛猛進來形容今日中國大陸的進步，實在還嫌不夠。因為你們想想看，我若不是每隔三個月，至多也僅隔半年，便回去一次；而每一次踏上祖籍國之地，就有陌生或不認識之感，那是因為又有了新建設，環境又變了。的確地，古往今來，我從未曾見過有一個國家能如今日之中國大陸，進步得如此神速。」

老董說著說著，便說出他的憧憬來：

「以如此神速的進步，可預見的，不出八年十載，中國大陸不僅將成為世界第一強國，也因豐衣足食，更是世上罕有的世外桃源。所以，再過幾年，我退休了，將不做第二想，一定選擇祖籍國作為我的退休地方，好好在那裏安渡我的晚年。」

……

一晚，老董到岷灣一大飯店參加「歡迎祖國來的親人」宴會。宴畢，時間已深夜，回家路上，又逢風高月黑。老董坐在車子後座裏，頭靠在背墊上閉目養神，任由司機駕駛著。當車子轉進一條靜僻又幽窄的小路時，突然從前面開來了一輛車子，攔阻了老董車子的去路。老董矇矓打開眼，正想瞧個究竟，但見對方車子已迅速跨下兩個壯漢，各人手持一把槍，左右來到他身邊，槍口指著他腦袋說：「要命就跟我們走。」老董一時嚇得魂不附體，完全失去了主意，任由對方擺佈。待他稍微恢復平靜時，他已被夾坐在對方的車子裏，不知要將他載往何處！

經過一星期多的幽禁，在家眷跟綁匪討價還價，付了贖金後，老董才又重見天日。

當老董被綁的消息傳開後，至親好友都紛紛到府上拜望慰問。老董雖已釋放安然返家，然那老早已被嚇破了膽的心頭，猶似留下一道陰影，撥也撥不開。一遇親友到訪，他便餘悸未定地對著親友恇怯說：

「想不到，我活到這一把年齡才來遇著這種夢魘，真是夠人心驚瞻顫，難保不會再有下一次的發生。所以為今之計，我恨不得能馬上離開菲律賓，以杜後患。」

瞧著老董那受驚後幾乎不能自己的神情，親友皆對他寄於無限同情。有親友便相勸慰道：

「也好！你就暫時離開菲律賓，出國換換個環境，定定心吧！待菲律賓治安較好轉了，再回來。」

「不！不！我才不要暫時離開菲律賓，我要永遠離開菲律賓。」老董急促地說。

「這樣說，你想移民？」

「是的。」老董斷然地點點頭。

「那你打算移民到那國去呢？」

「我也不知道，我已被嚇得六神無主了。」老董悲切地說。

「你不是說。」另一位親友說：「中國大陸目前已是第一強國，再隔不多久也將成為一世外桃源，你何不就回中國大陸居住去！」

「你也不是說。」又另位親友也接口說：「今日中國大陸國運昌盛，經濟繁榮，百姓豐衣足食，不正是人人嚮住的地方嗎？」

「是的！是的！我都這樣說，事實也正是如此。」老董一一點點頭。

「況且，再一說，」親友再說：「你不是希望晚年能回中國大陸定居嗎？現在就回去，豈不了卻心願了！」

「對！對！」老董再點點頭。「我就決定回祖籍國定居去。」

不久，老董舉家真地離開了菲律賓，親朋戚友都沒有疑惑他們是回中國大陸居住去了。

可是，不久，卻有消息傳來，說老董舉家並不是回中國大陸定居去，而是移民到美國舊金山去，親朋戚友起初都不敢置信。為要證實消息是真是虛，有親友便相偕乘飛機到舊金山找老董去，果然在舊金山碰到了他們一家人，親朋戚友都無不感覺跌破了眼鏡。

二〇〇〇・七月

聖郎中

這真是本國社會一大福音。

人稱謂的聖郎中終於來到菲律賓，預備要為菲國病家服務。

聖郎中之所以被稱為「聖」，說來也許令人不置信。事實上，聖郎中是何許人氏？他自己一時也說不上來，那是因為其世代都是以行醫為志，濟世為懷，便到處隱名埋姓救人治病，可以說，神州哪裏需要他們，他們就到那裏；弄得後來居無定所，年代又一久，連姓氏籍貫都被埋掉了。到了聖郎中年代，他看到時代變了，人體的病症也跟著起了變化；於是，在解放後，為精益求精，他便接連在全國十大最著名的醫學院進一步深造，以神速的三級跳成績完成研究。結果，正當西方醫學界不知每年要花多少預算費，還要匯集成千上萬醫學界精英，絞盡腦汁，卻尚未能為高血壓、心肌梗塞、腦出血、中風、糖尿病、半身不遂以及各種癌症，甚或二十世紀末的黑症——愛滋病等症候，理出一個根治的辦法來時。聖郎中卻僅透過現代醫學配合傳統祕方，輕而易舉突破了這些症候的根治障礙，完成了世紀最偉大的創舉，從而令西方醫學界黯然失色！

本來，以聖郎中的「空前絕後」成績，榮獲諾貝爾醫學獎是綽綽有餘，可是秉承遺訓，懸壺是為救人，而非求名求利。所以，當聖郎中得悉他被提名為醫學獎得獎人時，便上了封「萬言書」，責難諾貝爾委員會的西方腐化思想，連濟世救人也不忘名利追求，陳辭慷慨激昂，義正理直，說得諾貝爾委員會慌了手腳，趕快將其名字從提名中除掉。

而目睹菲律賓社會貧苦，民生倒懸，尤病家幾乎都得不到妥善的診治與藥石。聖郎中雖身在神州，心卻繫六合，他不忍讓如此多病家在痛苦中呻吟掙扎，便千里迢迢攜眷來菲，預備作一段長時間的逗留，好為菲國千萬病家治病，排脫疾苦。

診所一開業，病家便絡繹不絕於途，有的來自大岷區，更多者來自山頂州府。忙得聖郎中不分晝夜都騰不出時間稍事休憩，甚至有時用飯時候，還是一面用飯，一面看病。聖郎中為病家看病，還免費贈送藥品，那是因他覺得，一旦病家買不起藥品，再怎麼樣準確的診斷，也是不濟於事；至於診費，聖郎中總是讓病家自送，有者多送，沒有不送，他也從不計較。

聖郎中的這種種醫德，再加上病家只要找過他門診一次，服過他一劑藥，便都會藥到病除，不必再找上他第二次，對他的醫術無不嘖嘖稱奇。因此，菲國社會上下人士對聖郎中的醫德醫術無不又是感恩又是載德。

也許，畢竟，聖郎中也是人。一日，在一次的診候中，忽然發昏倒地，在被緊急送往醫院查驗後，證實是勞碌過度，本來休息一陣子就不礙事了。可是，卻不幸引發了高血壓，心肌梗塞，又因長期的疏忽，原來還患有嚴重的糖尿病；又因忽然發昏，是否患有腦癌，還須做進一步驗查。

聖郎中躺在床上瞧了這份報告後，嚇得臉色發白，屁滾尿流，渾身打起了痙攣。

坐在床邊的妻兒見了，無不感覺奇怪。兒子便問：

「爸爸！你是怎麼樣了呢？這些病症不都是你最擅長治療的嗎？」

聖郎中瞧了妻兒一眼，無奈搖搖頭說：

「我……我根本就不懂得醫這些病。」

「那……那你如何為病家治病？」兒子訝異地睜大眼睛問。

「矇混過關。」聖郎中不好意思說。

「那你又怎麼樣取藥給病家用？」妻子禁不住也問。

「那些……根本不是……什麼藥，而是一些興奮劑。」

「興奮劑？」妻兒都無限迷惑。「興奮劑給病家做什麼用？」

「這是我發明的興奮劑。」聖郎中幽幽說：「當年我在全國十大最著名的醫學院進一步深造，就是研究出這一種興奮劑來，它有暫時壓抑任何疾病的功效，所以任誰服下去之後，都會感覺忽然身體好了起來，功效要在三個月或半年後，才會在體內消退。」

「哦！我明白了」兒子忽有所悟。「而病家大都在這半年裏，已因覺得身體復原，不再遵守醫生的吩咐生活，一旦病情再復發，自不會怪到你的頭上來。」

「是的。」聖郎中坦率地點點頭。「況且，這種興奮劑一旦功效消退，生命便隨之嗚呼哀哉。」

「所以，病家便不會再上第二次門來找你。」兒子又有所悟地說。

「你為什麼要做這種失德事？」妻子聽了憂慮地問。

「還不是為了錢。」聖郎中理直氣壯地回答：「今天這個社會，人人都朝錢看，我豈能例外？」

「但是，爸爸！你卻未曾跟病家計較診費與藥費。」

「哎喲！傻孩子！我為病家治病，總是隨手將藥送過去，病家接受我免費診治，總不好意思兩者均不付費。」

「爸爸！你又怎樣會被諾貝爾委員會提名呢？」

「那是我捏造的，藉名人來為自己造勢，本是中國人的一貫作風，諾貝爾委員會才懶得管。」

「這樣說來，爸爸！迄今為止，不管是糖尿病、癌症、中風、愛滋病，還是沒有特效藥可治根？」

「是的。」聖郎中不諱言地又點點頭。

「那麼你的病呢？」妻子悲傷地問。

「我也不知道。」聖郎中茫然地說。

二〇〇〇・七月

何謂國恥

唐老師來自中國大陸，在一間華校中學部教授中國近代史。

由於唐老師對中國近代史頗有研究，有關百年間中國遭逢一連串喪權辱國的不平等條約，常常耿耿於懷；因此，他不僅希望能把這段歷史講授給華僑學子聽，讓他們得知中國曾瀕臨亡國滅種，瓜剖豆分的危機，也希望他們能從這段歷史中吸取訓勉：中國人唯有發奮圖強，雪洗恥辱，中國才能立足於國際上。

上第一堂歷史課時，唐老師便從鴉片戰爭開始講起，他矻矻不倦地講著：

「清道光十八年，朝廷有鑒於英人運華鴉片日多，國人吸毒漸眾，乃派林則徐赴廣東查禁，則徐至粵，遂逼英人交出鴉片兩萬餘箱，焚之，再驅英人出境。英政府聞之，大怒，乃於二十年出兵侵華，攻打粵、閩沿海，清廷應付無方。英軍又於二十二年沿江北犯，清廷終於恐慌，急媾和，跟英人訂下城下盟。是為鴉片戰爭始末。」

唐老師講到這裡，做結論說：

「鴉片戰爭所訂下的南京條約，是開中國歷史上第一條跟外國訂立國恥的不平等條約。這都是清廷腐敗所致……」

唐老師一邊講時一邊不斷地掃視著全班的學子。他從左掃過右，又從右掃過左，但見班上四十多位學生，端坐在椅子裏，是那樣聚精會神地諦聽著他在講歷史，唯右角有位胖男學生在打瞌睡。唐老師覺得他的講話能如此深深地吸住全班學子的注意力，已是收到預期的效果。便對這位打瞌睡的胖男學生，不想加以理會。

唐老師將中國近代史在每堂上歷史課時順序地講下來。

一日，講到甲午戰爭了。唐老師又對學生揭開另一樁國恥史。「那是清光緒二十年……」他先說了年代，然後便講起朝鮮東學黨如何作亂，中日兩國如何派兵靖亂。事畢，日本又如何賴著不走，反而乘機敗清軍於海、陸，再進兵奉天、旅順、大連。後又如何分兵南下，陷澎湖群島，裹脅台灣。清廷大震之下，再如何派李鴻章赴日議和，訂下馬關條約……

唐老師是講得那樣著力、專注，又富有感情。當他講到訂下馬關條約時，悲痛地話題一轉說：「馬關條約又是一條國恥的不平等條約，這跟民國四年日本強迫我國接受的二十一條要求，同為日本是看清清廷的腐敗及民國的無能，寫下我國在中日交戰史上最可恥的兩頁……」

唐老師依然一面講著，一面不斷掃視著全班的學生，學生們還是依然那樣專心地聽講著，唯獨右角那位胖男學生，仍舊睡眠不足似的，又在打瞌睡。

唐老師依然不想理會他。

隨著歷史堂一堂堂地講下去，唐老師已講到八國聯軍了。

「那是甲午戰爭後，第六年，即西元一九〇〇年……」

於是，又一樁喪權辱國的悲慘史從唐老師口裏侃侃而出，他又是那樣不遺餘力地講著，義和團是怎麼樣作亂，清廷又是怎麼樣被蠱惑地相信鎗砲子彈不入之咒術，而縱容義和團橫行焚洋教堂，戕洋教士，毀洋物，攻人家的使館，最後惹憤了洋人；洋人便怎麼樣共組八國軍隊報復擊華，打得清室落荒而逃，終跟洋人訂立了辛丑條約。

唐老師講著講著，忽然轉悲痛為憤慨說：

「清廷的愚昧與昏庸，所接受各國訂立的不平等條約，以辛丑條約最為苛刻，所以也是所有國恥條約中，最為國恥的條約。」

唐老師看著全班學生還是那樣注意聽講著，就是唯獨右角那胖男學生，始終都在打瞌睡。不知何故，這一次，唐老師驟地無名火起，大聲喊叫了那胖男學生的名字。

那胖男學生被唐老師這一喊，嚇了一跳，轉醒過來趕快站起身。「老師——什麼事嗎？」

唐老師厲聲問：

「你可知道我在講什麼嗎？」

胖男學生搔一搔腦袋，儘量地抓住意識，他在打盹中朦朦朧朧好像聽到唐老師在講什麼國恥似的，便隨口說：

「老師在講國恥。」

「講那裏的國恥呢？」

「講……」胖男學生一時答不上來，便嘻皮笑臉說：「講……講國恥就是了。」

唐老師瞧著這胖男學生一臉調皮，有些氣忿再問：

「你可曉得什麼叫國恥嗎？」

「國恥也……」胖男學生又搔一搔後腦。

「你就只會打瞌睡，什麼都不懂。」唐老師責備說。

但是胖男學生腦袋突然靈光一閃，對「國恥」兩字忽地明白過來。

「老師！我曉得什麼叫國恥了！」

「好！你說！」

胖男學生信心十足，傻呵呵笑著回答說：

「國恥也，乃販毒、假冒、偷渡……是謂國恥。」

唐老師氣得滿面通紅，青筋直跳。恨而收拾起行囊回中國去了。

二〇〇〇・八月

團結的故事

老程奮力爭奪了半輩子，終於登上僑領寶座。

既然僑領寶座來得如此不易，老程便希望能好好利用這地位幹一番大功績。

可是對這華社來說，什麼事才稱得上是大功績呢？老程想來想去，一時想不出。便找他的智囊顧問王老去。

「王老！我問你，要為華社幹什麼事，才能立下不朽的功勞呢？」

王老不假思索便回道：

「華社自往以來最悲哀的事，就是派系樹立，不能團結；你今日如能運用你地位上的影響力，消除派系，將整個華社團結起來，包你是不朽功勞一樁。」

「那是不成問題。」老程喜上眉梢，頗有信心地說：「以我今天世界級的財力，要號召華社團結是輕而易舉之事。」

「我就知道你一定辦得到。」王老加油地說。

老程便開始在華社到處號召團結，他拜訪過一個團體又一個團體，曉以大義地對他們說：

「各位同僑：你們可知曉咱們華人世代之所以總是受人歧視、侮辱，甚至成為人家的政治皮球，是什麼原因嗎？一言以蔽之，就是咱們華人不知團結為何物！須知，團結之可貴，將使人人受用無窮，因為能團結才會產生力量，而這力量又往往是無窮無盡的，有了這股無窮無盡的力量，人家就不敢欺辱咱們了；所以，希望各位從今天起，能拋掉山頭派系惡習，團結一致……」

與會者無不聽得個個動容，感動不已，都願意響應老程的號召，有代表更激動說：

「程僑領的高瞻遠矚，真是令人佩服。的確地，華社是應該團結了，再不團結華社就沒有前途。相信程僑領是歷來僑領中最有灼見、最有魄力的人物，我們不僅全力支持程僑領的號召，更願意在程僑領的領導下，追隨程僑領，團結一致。」

老程雖是聽得飄飄然，但他不忘做為一位僑領應有修養，便謙卑地說：

「不敢！不敢！我何德何能，哪能領導你們團結。你們若能團結，是你們肯犧牲小我，為華社著想。」

大家無不折服他的修養。

不日，老程來到一處，又對幾個團體呼籲團結。

可是，那些團體卻沒有絲毫回應。

老程感覺很奇怪，回去後便對跟他一同前往該處的智囊顧問王老問：

「這些團體是怎麼搞的，為什麼對我的團結呼籲一點反應都沒有？」

「我也覺得很奇怪。」王老也想不出其所以然來。

「不會是不贊同我的團結呼籲吧！」老程推測著。

「我查究竟去。」

不久，王老回來說：

「他們是因為對你的團結呼籲要斟酌研究一下。」

「這有什麼好研究的。」老程不滿說。「我要團結華社也是為他們好。」

「且息怒。」王老趕緊相勸道：「他們將會了解你的苦心的，你忍一忍吧！」

果然，不出多久，有消息傳來，說那些團體願意加盟團結。

「你看！他們終於接受你的號召了。」王老得意地說。

「是的！是的！」老程滿懷心花怒放。

可是，忽然那些團體有代表來找王老說話，要王老將話轉達給老程。

「他們要你轉達什麼話？」老程問王老。

「他們說……」王老有顧慮似的。

「他們說什麼？」老程不覺有些急了。

「他們說……」王老還是欲言又止。

「你今天為什麼突然變得畏畏縮縮起來了！」老程搶白地說。

「我是怕說了，你會發脾氣。」

「你看我是一個如此沒有修養的人嗎？」老程白了王老一眼。

「好！我就直話直說吧！」王老輕咳一聲，清一清喉嚨。「他們說參加團結可以，但有條件。」

「什麼條件？」老程兩眼睜得大大的。

王老挺起胸，提高吭聲說：

「他們要你卸下僑領的地位，讓他們來領導華社團結。」

老程一聽，馬上氣得三尺暴跳，七竅生煙，漲紅了臉氣粗音重地吼起來。「這成什麼話，分明是在敲竹槓。哼！我才不稀罕華社團結或不團結呢！」

二〇〇〇・八月

阿旺的哲學

有人說：阿旺很像阿Q。

於是，又有人便猜測說，會否阿旺是阿Q的後裔？

由於沒有足夠證據，還是暫且按下不表。

倒是話說，做為一位長年居住在海外的華人，阿旺以今天中國尚未能統一，便常常感覺無限遺憾。他認為這都是「台獨」從中作梗。北京政府高瞻遠矚，五十年來，鍥而不捨，先後收回了香港及澳門，為求下一步能使台灣早日回歸祖國懷抱，更開出「一國兩制，和平統一」，如此絕無僅有的優厚條件，想不到，「台獨」是如此頑強，不統一就是不統一。因此，阿旺對「台獨」是恨得入骨。

一日，阿旺參加鄉會聯歡，聯歡中還有摸彩助興，阿旺幸運的中了首獎──馬尼拉──宿霧來回豪華遊艇船票一張，兼食、宿、遊覽宿霧三天──阿旺高興得幾乎跳往九天去。

訂定的日子到了，阿旺一早便到碼頭去，經過一番例常的安排艙房、檢查行李後，阿旺就上了船。不久船也啟程了。

這的確是艘國際級的豪華遊艇，有偌大的游泳池、健身房、歌廳、酒吧及賭場，還有一間富麗堂皇的餐廳。阿旺把行李放在房間後，便馬上到處走動，貪婪地觀賞著船上每一件設置，由底層到中層又到上層，再由上層下去中層，將整艘船觀個夠，然後方走進餐廳去。

一踏進餐廳，但見廳中蓋著紅白綢緞的長長桌子上，排了百樣菜餚。阿旺走過去，不見也罷，一見色、味、香俱全，肚子便不覺餓了起來。這時，時間尚早，餐廳才寥寥數人。阿旺盛了滿滿的一盤，揀了個靠窗的位子坐下，便用起餐來。

正用得津津有味時，忽聽見背後的座位，有人在講台語。阿旺本能掉過頭去，但見兩位台灣人不知在什麼時候進來用餐。阿旺瞧了他兩一眼，便繼續用餐。唯他一面用餐，一面耳朵卻不時聽到左邊那位台灣人，不是右一句「咱台灣人」、就是左一句「咱台灣人」。起初，阿旺忍著，只在心底認定地咒罵著：「台獨份子」。然而，左邊那位台灣人就是還不停開口「咱台灣人」、閉口「咱台灣人」。阿旺頭上著火了，再也忍耐不住，他將餐巾往桌上用力一擲，站起身，湊過去，直指左邊那位台灣人說：「你開口台灣人，閉口台灣人，難道你不是中國人嗎？」

對方被這突如其來的粗暴舉動所叱責，嚇得一時目瞪口呆。

「難道你不知道今天的中國大陸已是一個一等一的強國了嗎？外匯儲備居世界第二，軍力已跟美國並駕齊驅，科技發展更是一日千里。不是我說句大話，今天誰人還敢挑釁中國大陸呢？一旦北京政府忍無可忍，飛彈齊轟台灣，到時台灣不沉才怪！看你敢不敢再搞台獨。」阿旺又是咒罵又是恫嚇，然後狠狠指指對方，再狠狠指指右邊那個人。「我警告你兩，以後我會對你兩聽其言、觀其行，你兩若膽敢再搞台獨，讓我撞見了，我是絕對不會跟你們客氣的。」

「你以為我就會跟你客氣嗎？」右邊那個人陡地發忿說：「喂！你是誰？人家好好在用飯，你來搞什麼鬼，懂不懂得禮貌？」

「哈哈！跟你們這些台獨講什麼禮貌。」阿旺不屑地縱聲一笑。

「喂！你別亂罵人，誰是台獨？」

「你兩。」

「喂！事情要弄清楚才說，他既不是什麼台獨，而我也不是台灣人。」右邊那人指指自己再說：「我是日本人，日本釣魚台人。」

「日本釣魚台人！」一聽說是日本人，阿旺不覺怔了一怔，心想：原來另位是日本人，糟了！該怎麼樣辦？便膽怯起來。但再聽是日本釣魚台人，忽想到什麼。是的，台灣是中國的領土，所以要統一。同樣地，釣魚台也是中國的領土，所以不能容許日本侵佔。他睜大眼睛又壯起膽來，厲聲說：「那更不得了！釣魚台是中國的領土，你可曉得嗎？」

「你說什麼廢話。」日本人不耐煩說：「我是釣魚台人，也是日本人，釣魚台怎麼會是中國的領土？」

「釣魚台本是中國的領土，有歷史可考。」阿旺不讓步，據理地說。

「也有歷史可考，釣魚台本是日本的領土。」日本人也不相讓。

「釣魚台是中國的領土。」阿旺鄭重再說。

「釣魚台是日本的領土。」日本人也鄭重說。

「我說，釣魚台是中國的領土。」阿旺雙手插腰，強硬起來。

驟地，日本人站起身，右手握緊拳頭，重重在桌上敲下去。這一敲，幾乎驚動餐廳所有食客，大家不約而同都停下用飯，掉轉過頭來。但見日本人將頭挨近過去，鼻梁幾乎貼上了阿旺的臉，吼起來斬釘截鐵說：

「我——說，釣魚台是日本的領土，你敢怎麼樣？」

再說什麼，阿旺真地膽怯了，但為顧全面子，他只有來個一百八十度轉變。那能伸能縮的民族本能開始發揮了，他愛理不理先整整一下衣服，慣技得很顯得無限灑脫，然後方幽幽地說：「好！

好！老子不跟小人計較，反正中國是一個泱泱大國，有的是不屈不撓的能耐，釣魚台的主權問題就留給予下一代去解決。」說罷，恨不得馬上溜之大吉，然一想到面子，只好再勉勉強強吹漲膽子，一副昂首闊步走出餐廳。

阿旺走出餐廳，心頭猶如卸下一塊大石，便竊笑地想：你這矮鬼子，俺是老子，你是小人，最後還是被我吃掉；而我偏偏不要讓釣魚台主權問題在這一代解決，看你夜長夢多，寢食難安，好受不好受……想著想著，阿旺不覺揚揚得意起來。

二〇〇〇・九月

資本主義走狗

一九四九年

三月的上海，風雲日緊，「解放」已是瞬息可即之事。

在一座破舊的木樓，兩位剛滿二十歲青少年，正在樓上爭論著。

「你真地非走不可？」邁再一次問著。

「我已決定。」涵再次點點頭。

「不要再重新考慮一下？」

「我已考慮又考慮過了。」

邁本能地深深望一望涵，這位跟他童年玩在一起的總角之交，現在好似已跟他有些疏遠了。

「你為什麼如此不信任共產黨？」邁忍不住又問。

「因為我不認為生活在社會主義之下會有什麼前途可言。」涵不假思索地回答。

「但在當今國民黨腐敗統治下，又有什麼前途可言？」

「當今國民黨腐敗是事實，然我更清楚的一點……」涵聲音一沉。「共產黨一旦掌權，人便非人。」

「這只是你的偏見。」邁不滿地提高聲音。「你也看見的，紅軍軍紀是那樣的有規律，不打人不罵人，借了你的東西一定還，走到那裏對老百姓都是那麼和善。」

「就單單憑這一點，以後就可保證過好日子？」

「這已夠了。」邁鄭重地說。

涵沉默一下，讓空氣緩一緩，再平靜地說：「但我還是要走。」

「是的。」邁也儘量壓下心頭氣燄。「反正你這時滿腦袋都是資本主義好，再怎麼樣勸你也聽不入耳。不過，我還是要奉勸你一句話，做資本主義走狗，終有一日，你會後悔的。」

「怎麼樣？」涵楞一楞，「不想生活在共產主義之下，就是資本主義走狗？」

「是的，不是資本主義走狗是什麼！」邁說罷便站起身，戴上帽子，披上風衣，頭也不回下樓去。

九〇年代

在菲律賓帆郊一「百萬村」。

一座美侖美奐、佔地頗廣的花園洋房。偌大的客廳裏，涵夫婦正在招待來自中國大陸的邁夫婦。

「請喝茶。」涵的太太沏了一壺茶，從廚房出來。

「很快的，一別就是四十餘載。」涵一面斟茶，一面說。

「四十載歲月非短呀！」邁稍呷一口茶，若有所觸輕喟一聲。

「是的，我們都老了！」涵聽到邁的歎聲接口說。

「不！」邁望著涵，但見對方頭髮烏黑，容光煥發，體格壯健，跟自己那白髮如銀，皺紋滿臉，佝肩駝背的寒酸相，真是相去一萬八千里。「你不老，絲毫都沒有老態。」

「哈！真地嗎？」涵笑著說：「表面看雖不老，舉止行動已大不如前。」

邁不覺又輕歎一口氣，心想：你不過是行動有些不便而已，我呢？已是百病纏身。呀！這四十餘年……。他忽然大聲問著：

「這四十餘年來，你是如何生活過來的呢？」

「我！」涵指指自己。「離開上海後，經香港來到菲律賓，就以難民身份半工半讀，在菲大修完理工後，因成績優越，被學校留下當助理教授，再當教授三年。結了婚，便從事經商至今。」

聽著涵講述這四十餘年的生活經過，邁再回頭想想自己，先前二十餘年的一波又一波政治運動，一切所做所為，幾乎不是人所能忍受的；而後的二十餘年，雖說是改革開放了，環境較平靜，但好處都被高幹一攬包，他們升斗小民事實上生活也好不到那裏去。

「涵！」邁叫起來。「還是你有眼光，走得對。的確地，在共產制度下，人便非人。」

「哦！那已是四十多年前的話了，還提它做什麼？」涵不想再提那往事。

「不！我還是要提。」邁堅持說：「我實在對不起你，當年我罵你資本主義走狗，你還在生我的氣嗎？」

「哈哈哈！你也太多慮了。」涵呵呵大笑一陣，呷一口茶，潤一潤喉嚨。「你可知道嗎？做資本主義走狗，是一種榮譽。」

「榮譽？」邁的太太楞一楞，睜大眼睛，禁不住插口問：「有這回事？」

「不是嗎？我現在的生活，正是當今神州大地千千萬萬人所嚮往羨慕的。」

邁瞟了涵一眼，心裏又想：這話端的不錯，別的不說，就說他剛才一踏進這住宅，看到那繽紛燦爛的苑囿，氣氛幽雅的樓台庭院，尤跨入大廳時，更是另一番的窗明几淨佈置。他心頭早已不知發出多少次的讚歎又讚歎，羨慕極了。

——人就是人，追求本分內可追求的物質生活，這才是正常的人生，而憑空空虛虛的一張嘴，說什麼社會主義精神可克復物質生活，那是自欺欺人。

「涵！」邁羞愧地輕輕說：「我可冒昧拜託你一事嗎？」

「什麼事？」

邁提起膽子說：「我跟內人想留下來。」

「你也想做資本主義走狗了！」涵故意開玩笑地怔一怔。

「你不是說，做資本主義走狗是一種榮譽嗎？」邁笑意盈盈地擋回過去。

客廳裡掀起一陣輕鬆的笑聲。

「好！你兩的事就包在我身上。」涵爽快地說：「明天我就去幫你們申請永久居留；至於生活方面，我會好好為你們安排一番。」

二〇〇〇・十二月

飽食終日

張七一家五口，兩年前從唐山移民來菲。

張七已七旬開外，身體瘦弱又多病。移居菲國後，便養老在家，以閱報，觀看電視消遣渡日。

一日早上起床後，張七坐在椅子裏抽煙閱報。正當他將報紙攤開，一條特大字號的新聞便赫然映入他的眼簾——「中共軍委副主席宣稱，五年內台海必有一戰。」

張七神經中樞一震，但覺這是一條多麼重大的新聞！

他認為他有義務把這條新聞告訴家裏每一個人。

他抬起頭來，第一個想要告訴的是太太，但忽然記起太太到菜市買菜去，尚未回來；至於三個兒女，都已一早就出門工作去，要到晚上才回家。

好不容易，終於等到太太從菜市回來了。

他是那麼迫不及待，未等太太將菜籃放下來，就把報紙伸到太太面前，指著上面那條新聞對太太說：

「台海就要一戰了，中共將要對台動武，統一中國。」

太太似乎連聽都不聽的只管把菜籃放下來，用手背擦一擦額角上的汗珠，歎口氣說：

「唉！菜價是一漲再漲，四、五百元真不知能買些什麼！」

張七看見太太只顧嘮叨著菜價，便又退回椅子裏繼續閱報。

到了中午，張七在飯桌上跟太太用飯，他又對太太說：

「台海就要開戰了，中共將要對台灣動武，統一中國。」

太太剛夾了一塊魚肉放進嘴裏，嚼了一口，皺一皺眉，說：

「不夠鮮味。呀！這樣貴，又不新鮮！」

張七瞧見太太又不理會他的話，只好自討沒趣默默用起飯。

直等到傍晚時分，大女兒從學校教完課回來，才跨進門，張七就馬上湊過去，大聲說：

「妳知道嗎？台海五年內就要開戰了，中共將要打台灣，統一中國。」

大女兒瞟了父親一眼，滿臉懊惱地對父親的話絲毫皆不感興趣。還是做母親的較了解女兒的心情，便問：

「又是被那些大陸學生氣了！」

「是的，不讀書，天天只會搗蛋；還是本地學生乖，雖然中文基礎差，卻都很聽話。」

「唉！那有什麼辦法，妳也是來自中國大陸，今天大陸的教育，妳也是明白的。」

到了七時多，么女放學回家，一踏進門，就自怨自氣大嚷大叫說：

「我今天又不懂得考英文了！該怎麼樣辦？該怎麼樣辦？」

母親一聽到么女的叫苦聲，匆匆從廚房趕出來，安慰么女說：

「慢慢學！慢慢學！終有一日會學會的。」

「媽媽！我很恨我自己為什麼會生長在中國大陸！」

「傻小女！勿怨尤自己的身世。」

「噢！噢！噢！噢！妳這是什麼話！」張七白了么女一眼。「我告訴妳，五年內，台海就要開戰了，中共將收回台灣，統一中國。中國一統一，將成為世界第一強國。妳生長在中國大陸有什麼不好！」

么女嘟嘟嘴，覺得父親的話，猶如官腔，空空洞洞，是在自說自話，懶得理會，便又對母親說：「媽！從明天起我會較晚回家，因為雲霞同學見我英語差，自告奮勇說每日放學後，要為我在學校補習兩小時英文。我很羡慕他們這些僑生子，英文基礎好，又肯幫忙人。」

「啊！華校教育是成功的，希望妳能多多向他們學習，尤其是做人方面。」

晚膳做好了，四人就團團圍在桌子坐下用飯。

張七看見大家都將事情暫放一邊用飯，想必大家定有心情聽他的話了，便趁機說：

「今天有一條重要消息，中共軍委副主任宣稱，五年內就要向台灣開戰，統一中國。」

張太太依然只管自己地用著飯，大女兒及么女不約而同皺一皺眉，顯得無限不耐煩。

驟地，電話鈴聲響了起來。

大女兒放下飯碗，接電話去，但聽到電話筒裏傳過來聲音說：

「妳是亞春嗎？我是亞致，亞發在路旁擺攤被捕，他違犯人家的零售商菲化案，現被關進岷市牢裡。」

放下電話，大女兒將話轉達給大家。

張太太心慌了，哭喪著臉說：「我早就知道總有一天會出事的，我三番五次勸他不要擺攤，人家法律不允許的，他偏不聽，說什麼擺攤不須開費。現在被捕了，該怎麼辦？我就擔心他會被遣配的。」

「媽媽！妳別急成這樣子。」大女兒安慰說：「人家是一個法治、講人權的國家，不會一下子便將哥哥遣配的。我想還是先到牢裏看看哥哥去。」

「姐姐！我跟妳去。」

「也好！」母親稍為寬心。「相信他還未用晚飯，妳就帶些飯菜給他吃去。」

姐妹兩攜帶飯盒要出門，父親從後面追趕過來交代說：

「妳兩就告訴你哥哥，說中共五年內便要對台灣開戰了，中國一統一，他以後也就無須擺攤了。」

張太太再也忍不住，吼起來大罵丈夫：

「你有完沒完，如此好打仗。其實，不是我說，你們這些人，都是心態有問題，看到人家治國有方，比你們好，便坐立不安。」

張太太食指直指到丈夫的鼻子。再說：

「我看你是飽食終日，無聊極了！」

二〇〇〇・十二月

相競誇耀

黃先生是一位華裔。

丁先生亦是一位華裔。

黃先生在華社有錢有勢。

丁先生在華社亦是有錢有勢。

他兩又不僅同住在一「百萬村」，並且還是隔鄰。

一日早上，黃先生駕著車要上班去，車子剛開出車房，很湊巧的，丁先生也從其住宅的車房開出車來，兩人便碰了面。黃先生向丁先生揮揮手道早安，丁先生也回禮向黃先生請安。黃先生一眼看見丁先生所駕的車子，是一部非常嶄新又新型的轎車，忍不住便問：「好一部漂亮的轎車，哪國進口的？」

「德國進口的，價值四百萬。」丁先生得意地說。

隔不多久，也是一天早上，黃先生一轉動了車子的馬達，打開了車房之門，就是不想把車子開出去，頻頻伸長脖子，探頭瞧瞧隔鄰丁先生的動靜，待丁先生將轎車開出來，黃先生也馬上踩了油門，將車開出去，於是，兩人又碰了面。這一次，是丁先生問黃先生了。

「哦！你這輛車好嶄新又漂亮，那裡購買的？」

「是丹麥進口的，價值四百五十萬。」黃先生好不開心地答。

一晚，丁先生正跟家人用晚膳，忽有人敲門，幫傭開門去，回報說：隔鄰黃先生找主人。

丁先生放下碗筷，迎出門去。

「裏面坐！」

「不必了！這裏有一張請帖，明晚要請你吃飯。」黃先生說著，將帖遞過去。

「是什麼喜事？」丁先生接過帖子問。

「是全菲華人商業總會明晚要在岷里拉大飯店舉行就職典禮。」

「哦！真是大事一樁。」

「是的，我是當選新屆的理事長。」

「哦！」丁先生又表現一陣驚訝：「真是可喜可賀！」

黃先生飄飄然又說：「明晚場面之大，除了全菲華人商業團體都請了，也邀請了不少菲律賓商業大亨，更請有菲國政要，如眾議長、參議長、副總統，還請總統為大會主講人……」

丁先生聽著聽著，不斷讚歎道：「好一個了不起場面！好一個了不起場面！」

「明晚你一定要出席。」

「當然！當然！」

「明晚我將會熱烈歡迎你這位最好的鄰居。」黃先生滿臉意氣揚揚。

過了不久，也是一個晚上，黃先生正坐在客廳閱報，門鈴忽然響了，小么跑去開門，說是隔鄰丁先生找爸爸。

黃先生放下報紙，迎出門去。

「裏面坐！」

「不必了！這裏有張請帖，明晚要請你用飯。」丁先生將帖遞過去。

黃先生接過帖：「是什麼喜事？」

「是全菲華人工業總會明晚要在岷灣大飯店舉行就職慶典。我是當選這一屆的理事長。」

「哦！」黃先生睜大眼睛，表現一副驚異狀：「恭喜！恭喜！大大地向你恭喜！」

「明晚場面之宏偉，除全菲各華人工業團體都請了，也邀請了不少菲律賓工業鉅子，更請有菲國政要，如參、眾議長、副總統，還特地請了美國國務卿。當然，總統是大會的主講人……」丁先生一口氣說得口沫橫飛。

「真是了不起的場面！了不起的場面！」黃先生一面聽，一面不斷地讚歎又讚歎。

「明晚你一定要來。」

「一定！一定！」

「明晚我將會以你是我最好的鄰居迎接你。」丁先生洋洋自得地向黃先生道晚安。

✣　✣　✣

一日晨早，黃先生正在戶外做運動，丁先生也著運動裝駕著車子從他身邊經過，兩人便互打招呼：

「黃先生！早安！」

「早安！丁先生要到那裏運動去？」黃先生一面慢跑著，一面問。

「打高爾夫球去。」

「跟誰？」

「總統及國防部長。」

「哦！你們常常在一起嗎？」

「是的。」丁先生自我介紹說：「總統是我的『公爸例』（註一），國防部長是我的密友。」說罷，便從皮夾裡取出一張他們三人合照的照片讓黃先生過眼。

又過不久，也是一日晨早，天還矇朧灰，黃先生便換好旅行裝，駕著他那部丹麥進口轎車出去，卻看見丁先生已在戶外做晨跑，他便揮手向丁先生打招呼：

「你這樣早就在晨跑了。」

「你也這樣早便要出門去了？」丁先生喘著氣說。

「旅行去！」

「跟誰？」

「總統及參謀總長。」

「哦！你們老早就認識了？」

「是的。」黃先生大大地點一點頭：「總統是我的至友，參謀總長是我的『公爸例』。」說著，便拿出一張三人合攝的照片遞給丁先生瞧瞧。

一個子夜，丁先生睡得正酣，驟地被一陣急促的敲門聲驚醒。原來是來了一批軍警，奉令要請丁先生到軍部談一會兒話。

「是什麼事？」丁先生問。

「咱們也不曉得。」軍警領頭說。

「待我換衣服去。」

「不必了！奉令說是緊急的，請馬上走。」

說是一會兒，丁先生卻一去兩天，非但未見人回來，也沒有絲毫消息。到了第三天子夜，軍警也光顧黃先生的家，同樣，也是軍部有令，要約談黃先生一會兒；黃先生卻也是一去兩天兩夜沒有消息。一星期過了，方見丁先生與黃先生先後都同樣帶著驚慌及憔悴的神情回來。

親朋鄉黨得悉消息，都前來慰問，問是發生了什麼事？丁先生及其一家人閉口不講，黃先生及其一家人也同樣三緘其口。

後來有風聲傳聞，說是黃先生及丁先生都因有走私嫌疑，才被請到軍部去。

✣ ✣ ✣

二〇〇一・正月

＊註一：『公爸例』菲語即知己朋友。

亦復如此

自從改革開放後，在須面對資本主義的較量下，為要是國人繼續相信「社會主義是古今中外最完美的主義」。做為一位社會主義的保衛者，劉組長便想出一計來：那就是挖資本主義的瘡疤，將資本主義那腐朽醜陋的一面，儘量排出來讓國人看；因為這樣一來，國人既常常瞧到資本主義的黑暗面，而黑暗的反面就是光明，對社會主義便會愈看愈越美好，進而國人不但對社會主義不會失去信心，說不定還會增強對社會主義的擁戴。

一次，劉組長帶了兩位弟子到資本主義國家訪問去。有言：「到了資本主義國度裏，不到夜總會去，豈能深入了解資本主義的腐敗本質呢？」

於是，一晚，劉組長便自我安排帶了兩位弟子到一間「無上裝」夜總會去。

劉組長跟兩位弟子在夜總會裏，選了幽暗的一角坐下。劉組長跟其弟子一邊飲著白蘭地，一邊靜靜地觀看著台上的表演。因為這樣子，他們方能用心窺見出資本主義那最腐化、最醜惡的一面。

一位資本主義小姐在音樂伴奏下，一面舞，一面脫，脫至只剩下了三點，便適可而止，退台入內。

再來，便是兩位小姐並排上台，同時舞，同時脫；又是脫至剩下最後三點，便不再脫下去的退出了舞台。

劉組長觀看得有些索然無味，心想：這怎能稱得上是「無上裝」夜總會呢？脫一半，留一半，如何窺伺得到資本主義醜惡的一面呢？

正想著時，司儀說話了。

「各位貴客！觀看了前面兩齣舞，相信各位皆會感覺失望，因為醉翁之意不在酒，但是各位貴客，請不必氣餒，今晚之所以會為各位安排兩齣如此索然無味的舞，那是因為天天都在觀賞資本主義小姐的無上裝舞，看也都看得膩了。所以，本夜總會今夜特別以重金聘請兩位來自社會主義的小姐，跳跳無上裝舞，為各位換換口味。就請各位慢慢欣賞。」

說罷！兩位「社會主義妹」，便姍姍上了台。

劉組長本能皺一皺眉，眼光不由自主觸及兩位弟子，但見兩位弟子都直瞪著他，滿臉顯得無比的迷惑。

音樂響了，兩位社會主義妹，便開始翩翩起舞，一面跳，一面脫，脫至最後三點也停止了，只是沒有退台的意思。

「為什麼她兩還不退台？」其位一位弟子問著劉組長。

「……」劉組長沒有回答。

忽然，有一位顧客站起身，右手舉起一張一百美金的紙幣喊著：「一百美金！」然後走向台前，把一百美金放在台上；可是兩位舞妹卻似沒有聽到、也沒有見到一般，繼續舞著。

「兩百美金！」另一位顧客喊，兩舞妹依然故我。

「五百美金！」兩舞妹還是充耳不聞。

「兩千美金！」一位肥胖似老闆的顧客，大聲喊起來。兩舞妹身子馬上來了個大轉動，上身的罩物飛掉了，打出渾身解數瘋狂地大舞著，整個舞廳馬上喧騰起來，顧客的情緒被掀向了最高潮。

「很夠味！」在劉組長右側的一張小桌子，坐著三位資本主義青年人，其中一位上唇蓄有八字鬍的對著他的兩位同伴說。

「想不到，社會主義也出產這種舞孃。」八字鬍的同伴接口說，他是一位魁梧壯漢。

「非但出產，還舞得比咱們資本主義女子更野、更大膽！」另一位平頭的同伴說：「我到今天才曉得，原來社會主義是如此進步、如此開放！」

「以後有機會，應該到社會主義國家走走，瞧瞧他們的夜總會去。」八字鬍者說。

「是的，你看她們舞得如此有經驗，應該是夠成熟的。」平頭者說。

……

劉組長聽吧，尷尬地瞟了他的兩位弟子一眼。

一弟子說：「很丟臉！」

另一弟子不覺自言自語道：「沒想到，社會主義原來也是如此。」

「你說什麼？」劉組長吼起來，眼睛圓瞪著弟子。

弟子怯了。「我……」

劉組長望了一眼舞台，老羞成怒站起身，對他的兩弟子揮一揮手。「有什麼好看的，走吧！」

二〇〇一・正月

不得其解

偶然，我得悉來自神州一消息，說是在肅貪中，姚部長榜上有名。對於這消息，我有些不相信，便打長途電話到香港，給位在特區行政部門工作的朋友，求證這件事。不久，朋友回了電話，說消息確鑿。

我在驚駭之餘，但覺無限詫異又迷惑。

因為姚部長那堅定的信仰，是那樣深刻地印在我的腦海裏。

那是兩年前，為紀念教育家明××百年誕辰，海外多處也舉行一連串紀念活動。在這島國，我們幾位志同道合伙伴，也「當仁不讓」籌劃起紀念會來；在籌劃中，我們計劃邀請一位在國內有名望、又有地位的人物，來擔任我們紀念會的主講人，以壯觀紀念氣氛。其中一位同伴便提議說：「邀請姚部長，你們意見如何？」

「當然好極了，只可惜要哪裏拉關係？」

「我認識他。」

「那再好不夠！」大家一致贊同，便這樣敲定。

據說姚部長一接到邀請，不僅樂意的馬上接受，還顯得非常感激，令我們感動不已。

我永遠不會忘記姚部長在紀念會上所講的話是那麼令人心動，在緬懷一位教育家的卓越成就與崇高精神時，說：

「回顧明××光輝的一生，在將近一世紀的人生旅程中，不計代價追求真理，獻身國家教育。明××前半生經歷了清王朝、北洋軍閥，及國民黨統治幾個時代；後半生目睹了新中國日新月異的面貌，特別是教育及科學技術的飛速進步與發展。新舊中國對比，使他更加堅定接受中國共產黨的領導，更加堅持走社會主義道路的信念……」

接著姚部長又說，一臉是那樣嚴肅又認真的表情。

「希望今天大家在紀念偉大教育家明××百齡誕辰的同時，也能以明××的崇高精神為榜樣，時時刻刻衷心擁戴黨的領導，時時刻刻不偏離社會主義的道路，做一個真真正正的社會主義信徒……」

我是負責接待工作，所以，接機，安排旅館，吃飯，參觀名勝古蹟，都是由我一手料理。姚部長跟太太來，為期四天。紀念晚會結束後，翌日晨早，我便帶他們到北山寒觀瀑布，這是他們抵菲的第三天，換句話說，明天他們就要回神州去了。可是，黃昏回程時，途中因遇到塞車，我忽然擔憂起明天送他們到機場去是否也會遇上塞車，便對他們提議說：「明天我還是早些到旅館接你們到機場去，以免一旦塞車趕不上上機時間。」

姚部長陡地記起什麼似，抱歉地說：「哦！我幾乎忘記告訴你，咱們明天並不想回去，還要延住一星期，因為小兒分配到深圳工作，後天剛逢放假，經香港來菲律賓要我兩跟他一起渡假。」

「煩麻你能帶我們到處玩玩。」姚太太接口說。我不便推辭，便一口答應下來。

姚部長的小兒來菲後的第二天，長子也從美國過來，姚部長對我介紹說，他的長子是被政府派到美國工作去。這次聽到父母親及弟弟一同在菲律賓，便趕過來團圓歡聚。

在姚部長一家四口團聚的一個傍晚，我帶他們玩了一整天回旅館，預備要向他們告辭回家。姚部長突然拉住我，問：

「××同志！你可知道××銀行在那裏嗎？」

「我知道。」我說，便將地址告訴他。

「我想。」姚部長說：「明天遊玩的節目暫時放棄，因為我要到銀行辦一些事情。」

「有需要我幫忙嗎？」我誠懇地說：「我的意思是說，我可以帶你到銀行去，以防萬一迷了路。」

「不麻煩你！不麻煩你！」姚部長馬上搖搖手，及時顯出一副不好意思的表情。「我跟我的長子坐計程車去好了。」

然後，隔了兩三天，姚部長夫婦回神州，次兒跟其哥哥則偕同飛往美國，說是順程也要到美國玩玩。

說實地，姚部長夫婦延住的這一星期，及跟其兩位公子團聚會面，不知怎麼樣，我潛意識裏總覺得姚部長行動有些神神祕祕，只是後來回頭一想，可能是姚部長在受邀擔任主講人的同時，順便負有國家交代的祕密任務，我便不再繼續往下想。

現在，真相忽然大白，消息來源說：這兩年來，姚部長的長子幾乎長年累月都住在美國，雖在美國某大學報了名，然根據調查，除報了個名，並非真地在修業；而次兒卻頻頻以經商為由出國，且逗留在外國的時間多於國內。蛛絲馬跡，在在都在為留後路做安排。

後來，消息更進一步披露：姚部長神通廣大，在肅貪運動揭開之前，已偕夫人潛逃外國，其兩位公子也皆已不在國內。

看了這樁事件的發展，我耳畔猶似又響起姚部長對我們的講話：

「希望今天大家在紀念偉大教育家明××百齡誕辰的同時，也能以明××的崇高精神為榜樣，時時刻刻衷心擁戴黨的領導，時時刻刻不偏離社會主義的道路，做一個真真正正的社會主義信徒。……」

在迷惑中，我不得其解！

二〇〇一・三月

便宜貨的代價

君省拎著大包小包，趕在黃昏前回到家中。

她心情是那麼興奮，因為她終於買到好多便宜貨了。

早些時，她聽人家說，岷市中路區有一新開闢的中國商場，專賣來自中國的貨物；不僅商場貨物應有盡有，價錢又非常便宜。她便很想到那裏瞧瞧去，但苦於她素來是居住在岷市北部鄰省武六干，少到岷市走動，尤對華人聚居的中路區更是人生地疏。她曾幾次試著邀約鄰居或朋友同往購物，然大家都跟她一樣，對那地方不熟悉，為避免發生什麼意外，大家異口同聲都有著一樣的看法：貨物雖說便宜，但相信也不會便宜到哪裏；有什麼須要的話，就在附近買好了。一番自我安慰後，也就沒有人想陪君省到中國商場購物去了。

一日下午，她做完家務，一個人靜靜坐在沙發刺繡。門鈴忽然響了起來，她起身開門去。原來是她妹妹到訪。

「想好久沒有跟妳見面，今午剛閒著，便來了。」妹妹依裳右肩挽個皮包，一面踏進屋裏一面說。

「妳來得很是時候，我一個人孤零零在家裏，正好可陪我聊聊。」

因為丈夫與兒女都在上班上學，她跟妹妹便坐在廳裏大聊起來。這一下聊這，等一下聊那，聊著聊著。她妹妹依裳說：

「姐姐！妳可知道嗎？中路區新開闢的中國商場，賣出的貨物真地是便宜得不可思議。」

「妳去過了？」

「我家住處到那裏，並不太遠，所以我不僅去了，還帶著孩子去了好幾次。」依裳一家是住在岷市三巴洛區。

「我也有聽說過那裏賣出的貨物是便宜。」君省將人家的看法說了。「但大家都認為便宜是便宜，可不會便宜到哪裏去。」

「錯了！錯了！」依裳把頭搖了又搖。「這都只是妳們的猜測。最好妳們能到那裏走走。一條牛仔褲一般市場是賣三百五十塊至四百塊，那邊才賣一百五十塊。就我身上所穿的這件花衫，妳瞧一般市場要多少呢？少說也須一百五十至兩百，不是嗎？但我只買五十塊。」

「妳是說妳身上這件花衫是在中國商場買的？」君省端詳妹妹身上的花衫。

「是啊！」

「花色好美豔。」

「妳喜歡嗎？」依裳忽有所顧慮地說：「不過，說實在地，這些中國貨品質是好不到哪裏。」

「但是本地貨品質又好到哪裏？」

「說得也是，妳若是想要到那裏走走，開開眼界，我可以陪妳去。」

「妳方便？」

「約個時間。」

就這樣，揀了一個下午，君省在妹妹帶路下，走進了中國商場。

「貨物怎會這樣便宜！貨物怎會這樣便宜！」這是君省對中國商場的深刻印象。她一面購物，一面情不自禁地對妹妹這樣喃喃說。

「妳現在總算躬親經歷，眼界打開了！」

「是！是！是！」君省開心地大大點點頭。「我不過才帶了三千塊左右，便買那麼多物品。」君省丈夫是一授薪階級者，在一塑膠工廠當員工，酬金並不高；所以除了每天的菜錢，君省要上一次百貨商場，都需先來個調節計劃，況且，也只有兩、三千塊可調用。

回到家，幸得還沒有人先她回來。因為她要給家裏每一個成員來個驚喜。

她將所買的物品一件件從塑膠袋掏出來，有衣服、皮包，才兩、三百塊；有橡皮鞋，也才三、四百塊；還有一只手錶，僅三百多塊……。從來，她上百貨商場，未曾買得這樣齊全，有兒女的，就沒有丈夫的；有這個兒子的，就沒有那個兒子的。因為上別家百貨商場，兩、三千塊是買不了多少物品的。

將物品整整齊齊置放在茶几一旁，她到廚房做晚膳去。

不久，女兒放學回來，到廚房向母親請安。君省便把女兒帶出廳裏來說：

「媽媽有東西要送妳。」

「什麼東西？」

君省拿出一件上衣，及一隻皮包。

「哦！好一件漂亮的上衣。」女兒驚喜說：「而這隻皮包，我有一同學這個星期天慶生，正好派上用場。」

隨後，孿生兒子也背著書包回來了。君省便各給一雙橡皮鞋，孿生都愛不釋手穿了又穿，一孿生說：

「日本製造的真是美觀極了。」

「這不是日本製造，是中國製造的。」君省為兒子改正說。

「但鞋上卻打著日本製造。」兒子指著鞋上所打的字讓母親看。

「是仿冒。」

「那是那裏製造的？」

「中國。」

「不管是中國製造，還是日本製造，這雙鞋子我是喜歡上了。」另一孿生說。

做好晚膳，還不見丈夫回來。君省便拿起茶几上放著她所買的手錶，邊細細審度邊玩弄著。

老早的，她就想要買只手錶給丈夫，因為丈夫一直在埋怨他的手錶太舊了，但到處標價的動輒都是千塊以上，她那裏買得起。但今晚丈夫那只用了十多年的手錶終可換掉用新的了。

她開始想像丈夫看見新手錶後的喜悅心境。

然等著等著，過了晚膳時間了，還不見丈夫回來。

「今晚丈夫是怎麼樣了？」她不禁地想。

「媽！咱們餓了，可以先用飯嗎？」

兒女喊餓了，她不忍。「好！你們就先用吧！」

然後，初更過了，二更來了，孩子都上床了。丈夫才拖著疲憊不堪的軀體出現在家門口。

「今晚是什麼事情，讓你回來晚了？」她溫和地問。

丈夫沒有回答，垂頭喪氣重重坐下沙發裏。

「用過晚餐了嗎？」她又問。

「還沒有。」丈夫開口說了。但聲音非常微弱。

「過來吃吧！」

「我吃不下。」丈夫只管低著頭一動也不動。

她忽然想起那只手錶，便走到茶几拿去；再回來，將手錶伸展在丈夫面前，咧嘴笑著說：「我下午和妹妹依裳到中國商場給你買只手錶去，你瞧美觀不美觀？」希望丈夫一看到新手錶，心情會轉喜過來，

那知丈夫連瞧都不瞧，心頭像觸著電似的，猛地抬起頭，問：

「那邊的貨品真地很便宜嗎？」

「是非常便宜。」君省點點頭。

「妳可知道我今晚回來晚了，是為了什麼事情嗎？」

君省呆呆地望著丈夫。

「董事會召見我們全體員工，向我們告訴這兩年來塑膠成品的虧損情況，再也撐不下去，下個月廠家就要關門大吉。」

「為什麼會虧損？這間塑膠工廠不是規模頗大的嗎？」君省不解。

「但還是抵不過進口的中國廉價塑膠。」

「這樣說來……你失業了？」

「是的！」丈夫一臉黯然神傷。

手錶從君省手中滑落地上。

強國記

老葉雖身在菲律賓，心卻繫神州祖籍國。

數十年如一日，老葉無時不在關心神州的發展，祖藉國的強大。

如今，社會主義祖籍國終於站起來了，敢於大聲對西方說：「不！」

「不」是說得那樣鏗鏘有力，令整個世界每一個角落都為之一震。老葉不覺快活得幾乎要跳向上天去，對前不久大岷市某一市長邀請菲華工商界領袖舉行的經濟座談會。他一聞這消息，就拍案對其朋友意氣風發地說：

「你瞧瞧！隨著社會主義祖籍國國勢的強盛，咱們華人的地位也跟著提高了；從前菲社會人士見華人是排斥，現在卻在邀請咱們參與其國家建設，所以，我就說，現今炎黃子孫不僅可以揚眉吐氣，更是舉世舉足輕重的民族了！」

尤其，新世紀一來臨，爭鬥八年的奧運主辦權，終於贏到手，這一成功實在又非同小可。老葉便更相信，這是祖籍國二十一世紀走向強國的先聲。在慶功宴會上，他一面開懷暢飲，一面高談闊論道：

「……這真是一次海內外炎黃子孫強大凝聚力的表現，今後將沒有人敢再辱罵咱們是東亞病夫了；而對上世紀那歷經外國列強的欺侮蹂躪時代，也將成為歷史一去不回頭。……總之，經過二十餘年的改革開放，在社會主義建設下，祖籍國申奧成功已顯示是個強國了……」

老葉實在太興奮了，便一杯繼一杯地飲。事實上，這也難怪，一生夢寐以求的事一旦成真，誰人不會激動呢！直至席散了，老葉已喝得酩酊大醉。

幸得老葉在醉得醺醺然之下，還不會認錯車。在美好月光下，意猶未盡似的，一面斜坐在車裏哼起「社會主義祖國一定強」進行曲，一面任由司機駕著車送他回家。

也許是飲酒過多，車子行至半途，老葉突然內急起來，想要解溲。

他坐直身子，掉頭朝車窗外一望，車子剛巧從公路邊橫過一條小巷，但見巷裏黑漆漆地，盡頭好似是一片荒地，正是小解的好去處。

老葉馬上向司機叫停，下車來，踉踉蹌蹌走進巷裏，到得荒地，面對著一道殘垣，也顧不得雅觀是一回什麼事，拉開褲鏈，渾然忘我一解為快。

解罷，渾身頓覺舒暢無比，酒醉也醒了大半，整一整衣服，便折回來路要乘車去。

倏地，牆後隱隱傳來有人用菲語在細聲細語地互相對話著。

他有意無意凝神一聽，只聽到有一沙啞聲音說：

「這是怎樣一回事，明明瞧見有個人從巷口走進來，一下子卻不見了。」

「可能是巷子太暗了，人一進來，便一時瞧不見。」是一個粗氣的聲音回道。

「不知這人進巷來做什麼？」另有一個似女子般的聲音嬌嫩地問。

老葉一聽，不禁陡地心驚肉跳起來，因為三人的對話明擺著是衝著他來；而在這治安不靖的目今，夜又是這樣深了，三人還躲在牆後暗處鬼鬼祟祟似的，想必不會安著什麼好心念。

酒氣在老葉腦袋全然消退了，他只想三十六著，不動聲色趕快離開巷子乘車去為上策。

但他又聽到那粗氣的聲音說道：

「這人在巷口路燈下瞧得明白，是張黃臉孔，然不知是日本人還是中國人！」

「怎樣？還需分清日本人中國人才可下手？」是沙啞的聲音。

「當然！」

「為什麼？」

「因為下錯手，咱們就會有麻煩。」

「大哥！我聽不明白你的話。」女子說。

粗氣的好像提高了嗓聲：「一旦咱們打劫的是日本人，日本大使館為保護他們僑民起見，向咱政府交涉抓人。你們想想看，咱政府一旦下令捕人，咱們還能逃得了嗎？」

「那麼打劫中國人豈不是一樣？他們大使館一旦向咱政府交涉，咱們同樣也是逃不了！」女子道。

「哈哈！」粗氣的笑了兩聲說：「這完全不同，首先，中國人自身被打劫了，是不敢報警的，因為他們害怕遭遇報復；其次，他們為什麼害怕遭遇報復呢？因為他們的人民政府既保護不了他們，也不想保護他們。」

「為什麼他們的人民政府會這樣子？」女子猶似對問題發生了興趣。

「因為弱國沒有外交呀！」粗氣的自覺懂得似的，語氣自豪地說。

「你怎麼樣知道中國是弱國？」沙啞的似乎也感好奇。

「前幾年，咱們鄰國印尼發生排華暴動，在光天化日下，暴民對華人華婦的姦淫擄掠，中國人民政府不但不敢干涉，還聲明說這是印尼的內政事件……」

老葉愈聽愈越懼駭，不敢再有片刻停留，便躡手躡腳一步步走出巷口。

「朋友！好晚上！」老葉方慶幸自己已走到巷口，忽聽到背後有個粗氣的聲音向他打招呼。他回過頭去，但見一個粗壯大漢左右跟著一男一女大踏步向他走來，他背脊不覺一冷。

「嗨！要到那裏去？」三人已來到老葉身邊。

「嗨！」老葉忧惕地也回應了一聲。

「Are you a Chinese ?」

「No! I am a Japanese !」老葉強行鎮靜地說。

「這樣晚了，自己一個人走在街上，要小心點，因為現在治安很不靖的。」粗壯大漢在老葉肩膀輕輕拍了一拍，以示友情。

「是！是！謝謝！謝謝！」老葉在嘴角強擠出一縷笑意，向粗漢行了個九十度鞠躬的「日本禮」。三腳兩步跳上車，叫司機快快開車離去。

二〇〇一・十一月

反美者

提起老忠，大家就自然而然會將他跟反美聯想一起，這當然都是跟他太熱愛祖籍國有關。老忠雖是生活在菲律賓，然其心如其名，對祖籍國，處處唯馬首是瞻，亦步亦趨，忠貞不二。

比如說：四、五十年來，祖籍國外交政策上一貫反美，他便也跟隨反美；祖籍國政府為免除國人對美國強大的恐懼，編造說美國是『紙老虎』，他也就相信美國是「紙老虎」；祖籍國媒體批評美國是霸權主義，到處橫行作惡，他也跟著譴責美國是霸權主義，到處橫行作惡。

故此，當消息傳來說美國總統布希要到祖籍國京城訪問，且在訪問期間，還將親臨清華大學發表演講。老忠心裏不覺便暗暗竊喜，因為這令他馬上聯想到那前任美國總統柯林頓當年訪問祖籍國時，也曾在北京大學演講，結果卻被北大學生以發問問題圍攻得不知所措；畢竟，現在大陸學生在祖籍國偉大的教育下，個個都是學識超人、銳氣十足，清華自也不例外。到時，相信將會再一次給予美國總統難堪；尤其是這個牛仔布希，更應該好好地給他上一堂課，教訓一番！

幾乎兩天時間，老忠不吃不眠，終日不是坐在電視機前觀看布希訪京活動，就是收聽電台，或將各報有關布希訪京新聞閱個遍。

可是，事情卻朝他想像的反面發展，布希不僅優哉閒哉地在清大大講特講，宣揚美國主義；清大學生也只是那樣乖乖地聽講著，這令老忠氣憤得不斷拍案大罵起來：

「這個美國總統是算老幾？竟絲毫也不懂得作客的禮節，他這種演講，明明是在宣揚說教，吹噓美國的社會價值觀與宗教自由。其實，不是我說，美國的社會價值觀，什麼人權、民主，說穿了，根本都是雙重標準。這個美國總統也不想一想，他是需要中國，來中國是為爭取友誼，如今倒反客為主，指指摘摘，你該做什麼，不該做什麼，你該學我這個、學我那個。在在只能凸顯美國的霸道主義。……而清大學生是怎樣搞的？一點骨氣都沒有……」

罵畢，布希飛回美國，老忠也隨後飛往美國。

（看官，我一點也沒有寫錯，老忠是飛往美國去。）

只是，抵達了美國國際機場，布希便「直往無礙」乘車回家；老忠卻在海關被攔住問話。

「你的護照！」海關人員向老忠要護照。

「在這裏。」老忠將護照遞過去。

「你從菲律賓來？」

「是！」

「為什麼是中國大陸護照？」海關人員迷惑。

「因為我是中國人！」老忠仰起頭。

「你是中國人呀！」海關人員忽然微笑豎起大拇指。親切地問：「來美國觀光？」

「不！探望兒女。」

「你的兒女在美國工作？」

「不！唸書。」

「在哪一州？」

「一個在加州，一個在芝加哥，又一個在華盛頓，再一個在費城，還有一個在紐約。」老忠如數家珍。

「你五位兒女在美國唸書！」海關人員驚愕了一下，不覺問：「你有幾位孩兒？」

「就是這五位。」

「哦！我知道了。」海關人員釋懷伸出右手食指，在自己面前搖了兩下，神祕地含笑說：「你一定是一位思想非常進步的中國人……」

「是的。」老忠馬上接口堅定地點了點頭，心想自己的思想本來就超越你們西方什麼民主、自由。

「所以，」然而海關人員卻有他的另一套看法，繼續說：「你才會如此嚮往美國的社會價值觀，將全部孩兒都送到美國來唸書。」

「這……」老忠有些尷尬，幸而忽想到解圍的話：「這是他們自己要來唸書的。」

「但是你們中國社會不是父權至上嗎？他們要來美國唸書，也必須經你允許。」海關人員不理會老忠，再說：「瞧你護照上如此多美國入境印，你是經常往返美國的，相信你對美國民主社會是有相當的了解的。不是嗎？美國民主社會是當今世上最完美的！」

「唔……唔……」老忠儘量掩住尷尬。

「不過！」海關人員好似很明瞭般的又說：「我也了解，你們中國人總是顧面子的，儘管你們心底裏是如何嚮往、認同美國的社會價值觀，但表面上也唯能裝成一副無所謂，因為這才不會被認為崇洋；即使你們國家領導人也不例外。」海關人員未免太多話了。「你可曉得嗎？你們國家主席之兒子，副主席之女兒，以及總理之兒子，都先後來美國唸書，但都採取低調處理，尤其副主席之女兒還改了名！」

老忠但覺滿臉不斷發燒！

「我現在就給予你一年期的居留時間。」海關人員說罷，就將一個印子在老忠的護照上印下去。「以便你能在美國逗留較長時間，好進一步肯定美國的社會價值觀！」

老忠接回護照，忽感自己好可悲！

二〇〇二年・三月

原則的故事

為了提倡節約，老顏便到處作宣傳工作。只要有華人居住的地方，即使路途如何遙遠，甚至涉水登山，他都不辭辛勞前往之。他是那樣不遺餘力地提倡節約。

一日，他剛從美骨區作宣傳工作回來，便又馬不停蹄趕往高山省去。雖說是盛暑的五月裏，高山省卻每在中午過後，便下起綿綿密密的霏雨來；其時，迂迴曲折的山路正在修補，羊腸小道本來已夠狹窄，工作人員卻又把道上清除出來的碎石土沙推放在路旁，更令車子難於通行；再加上在修補下，土沙凌亂地撒在路面，一經雨水沖洗，路面又顯得無比滑動。老顏所乘的公共汽車，司機已小心翼翼將速度放緩下來，幾如蝸牛爬步了！可是就在車子沿山崖邊緩慢開出修補地段，要在山彎處馳騁而去；豈料，前面卻驟地開來一輛車子，司機正要閃避，卻發現路旁有堆土沙，而路面又滑，說時遲，那時快，車子隨即失去了控制，朝山崖下衝下去。

所幸，山崖下雖深不見底，峭壁卻是樹木層疊叢生。老顏耳邊但聽到驚恐的尖叫聲四起，一顆心便猶如往下墜，他本能閉上眼，心想此命如今休矣！然而，不須臾，車子好似裝了彈簧一般，彈了一彈便停止往下墜，車裏也戛然一片靜寂。

老顏覺得好奇怪，張開眼想瞧個究竟。卻聽到車掌說道：

「我們很幸運，車子被兩株古樹卡住在中間，沒有繼續往下墜，也許這是上帝在救助我們；不過，希望大家能夠鎮靜，因為恐一騷動，車子搖蕩脫開古樹，那後果就不堪設想了！」

經過一番救援後，車裏每一條人命都安全被救了出去，只是有的驚惶過度，還禁不住在哭泣，有的因車子墜下時，身子一時失去平衡，而撞破腦皮受了傷，便馬上送往附近的一間小醫院。老顏手臂因窗子玻璃破了被割了一大傷口，只是被救起後血已止，救援人員要將他送往醫院，他卻念念不忘那節約的宣傳工作，便辭謝了工作人員的好意，不理會傷口如何，匆匆另搭一輛公共車子，往目的地去。

再一次，老顏因勞碌過度，患了一場大病，經醫生診斷，叮囑要好好休息一陣子；但老顏躺在病床上，無論如何卻一心一意總掛念著節約的宣傳工作，待躺了兩星期，見病情已稍復元，再也忍耐不住，起床便飛往岷蘭佬去。

在岷蘭佬做了兩場宣佈工作後，因身體尚虛弱，在做第三場宣傳工作時，終不支而昏倒在場，心臟停止了跳動，生命幾乎已保不住了，幸得經過十天十夜的救援，方從死亡邊緣救回來。

遭逢了兩次如此重大事故的老顏，大家無不對他起了敬服之感，紛紛給他褒揚，譽他為華社節約第一模範。

可是，就在華社給予老顏如此高評價之際，老顏卻突然來了一個一百八十度的轉變。他不再宣揚節約；相反地，而是要人人有錢盡量花，說這樣子，社會金錢才會流通，經濟才會繁榮。也就是要人人過奢華的生活。

這一來，大家對他的轉變無不感覺奇怪，都有摸不著頭緒之感。

於是，有的朋友便問他道：

「為什麼你變了呢？」

有的朋友既直截了當責問道：

「你是怎麼樣搞的？昨天還好好地提倡節約，今天卻提倡奢華了，絲毫都沒有人生的做人原則！」

「誰說我沒有人生的做人原則？」老顏吼起來，怒了。「我實實在在告訴你們，是節約，是奢華，都不是我的意思，是資本家的意思。前些時，我攀附的資本家，他喜愛節約，所以我只有盡量提倡節約來附和他的心意；現我所攀附的資本家，他歡喜奢華，因此我只有以奢侈來討他歡心。我再告訴你們，我攀附資本家，數十年如一日，始終沒有變，這不是人生的做人原則是什麼！……」

二〇〇二・四月

獎

再隔一星期，就是闞老太爺八十大壽。兒女為聊表孝心，相議後，決定要給予老人家大大慶壽一番。

可是，闞老太爺拒絕了，理由是：當下經濟萎頓，民瘼橫生，社會治安又如此不靖。斲雕為樸，澹泊清淨，能免則免。最後，闞老太爺對著四個兒女說：「你們的一片孝心我心領就是。其實，只要你們個個在社會上做人做事都有成績表現，也就是給我的最大慶壽了。」

兒女們領會而去。

壽辰那一天，老大一早就來拜壽。

「爸爸！祝你萬壽無疆。」

「這麼一早你就來了，生意豈不是沒有人料理了！」

「我昨天已事先交代妥當。」

「現在景氣如何了呢？是否稍有好轉？」

「不但沒有，」老大輕喟一聲：「反而更糟糕；尤其這兩星期來，颱風一個接一個的來，生意更見蕭條。」

「我看過電視報告，說貧苦人家的住屋都被洪水淹沒。」闞老太爺悲憐但又無奈搖了搖頭：「真是屋漏又逢連夜雨。」

動。」

「是的，太慘了。」老大也一片憫恤之情：「所以我前兩天便捐了一筆錢，響應社會的救災運動。」

「很好！很好！」關老太爺欣慰地點點頭。

「而社會就頒了張獎狀給我，譽我為傑出公民。」老大說罷，便把獎狀呈給關老太爺過目。

「這也可說是我當今在社會上的一點點成績表現。」

「哦！」關老太爺不以為然皺一皺眉，把獎狀退還老大：「人活在這社會裏，守望相助，推己及人，本都是應該的。還談譽什麼傑出公民獎！」

不久，老二也來給關老太爺祝壽。

「我較哥哥來遲一點了！」

「沒有關係。」

但是老二還是解釋說：「因為這兩天我正忙著幫助包裝救濟品，好趕運往山頂去。這兩星期來連綿不斷的暴雨，受災的人太多了！」

「原來你也有這片心。」關老太爺驚愕地說。

「爸爸，惻隱之心，人該有之！」

「真地？沒有別的目的。」關老太爺瞟了老二一眼，因為他太了解這個兒子的輕浮性格。

「這完全都是一種犧牲，有什麼目的可言。」老二感覺有些委屈：「其實，這種犧牲精神人人都看得出，因此，社會為對我表示嘉許，便特別頒給我服務傑出獎。這也可說是我在社會上的一份成績表現。」

「既然是犧牲，還談什麼獎！」關老太爺再一次不以為然地搖搖頭。眉梢顰得更緊。

隔不久，老三也來了。

她是關老太爺唯一的女兒。

雖然也已五十開外，但由於平時很懂得講究護理膚體，那豐肌玉脂，嬝娜儀態，看上去，還是百媚橫生。

「爸爸！我來給你老人家拜壽，順便也帶來一點成績讓你瞧瞧。」

「那很好，是什麼成績？」

「我榮獲母親傑出獎。」

「什麼？妳榮獲母親傑出獎！」關老太爺、老大、老二皆同時怔住了。

「這有什麼不對？」老三不解。

「看妳終日忙著跑美容室、忙著講究什麼衣服，想不到竟還能抽出時間負起做母親的責任來。」老大調侃地說。

「這與你何關？」老三不滿白了老大一眼。

「妳是如何獲母親傑出獎的呢？」關老太爺打斷兄妹爭吵，柔聲問。

「因為孤兒院要建新會所，我捐了，他們就頒我母親傑出獎。」

「原來如此！」關老太爺瞭然地點點頭。閉上眼睛不想再說什麼。

老四也來給關老太爺拜壽了。

影未見，聲已先傳進大廳來。

「爸爸！祝你生日快樂，身體健康。」

他那豪放不羈的個性，令他猶如是一個永遠長不大的大孩子，他右手揚起兩張什麼。「爸爸！

你瞧瞧我的雙料成績。」

「什麼?你什麼時候也獲得了名譽博士學位了!」老人家先瞧其中一張，大感詫異。

「還有，我還獲文教傑出獎。」老四得意萬分。

「什麼!」兄姐也都同時感覺訝然。老三便隨口說：「咱們兄弟四人，以你最不喜歡讀書。料不到當年中學還沒有畢業，今之一變則獲得名譽博士學位，又是位文化人了!」

「說來聽聽，你是如何獲得這些榮譽的。」同是兒女，關老太爺需要明白個底。

「都是一樣的，某大學與某學校缺乏經費，我捐了，為答謝我，某大學就給我冠上名譽博士學士，某學校就頒我文教傑出獎。」

但見關老太爺本能仰起頭，感時歎世似地，深深發出一聲悠長綿邈的太息。

這時，關太太從廚房出來，喜孜孜對著大家喊：「壽麵弄好了，大家趕快趁熱吃吧。」

關老太爺忽覺意興闌珊，站起身同兒女用壽麵去。

二〇〇二・七月

名位的故事

又有颱風過境了，學校依例不上課，四鄰孩童們閒著不知要玩什麼才好，便一窩蜂跑到磨坊找邱伯伯去，鬧著邱伯伯講故事給他們聽。因為邱伯伯是位講故事能手。

邱伯伯拗不過孩童的吵鬧，只好放下工作，思索了一下，說：「好！我就講個有關名位的故事給你們聽吧！」

老高是一位擔任好多「會」頭頭的人物，但是他卻從未以此而感覺滿足、快樂。因為他總覺得「會」是比不上「總會」的大，亦比不上「總會」的名位；所以，即使擔任數不清的「會」的頭頭，都匹不過僅擔任一個「總會」的頭頭來得風光與威嚴。

可是，欲擔任「總會」頭頭卻是那樣多人，多得如過江之鯽，排起隊來已有五條長城之長了。計算一下，要輪到老高的話，幾乎唯有等到來世了！

老高自是不甘，來世未免太久了，要就是今世。

他便下定決心：爭。

他開始養精蓄力，磨礪以須。

總會又舉行選舉了。

是晚，禮堂裏，燈光螢然，候選人個個精神抖擻，摩拳擦掌，競爭之烈幾乎不在話下。祕書長便站起身講話說：

「來屆總會計劃要建座八層樓高的鋼筋水泥會所，冀望個個候選人能鼎力玉成。」

聽罷，老高馬上出擊響應說：

「我願意承擔五分之一的建築金。」

他話聲一落，但覺沒有人敢跟他比擬。畢竟，他已儲足如此雄厚的實力，不由有些得意起來。

豈料，他對座的一位候選人，卻站起身，同時舉起手喊著：

「我願承擔四分之一的建築金。」

緊接著，不遠處另一位候選人，又高高伸出兩隻手指，聲音更大地叫起來：

「我承擔一半的建築金！」

對這一連串突如其來的舉止，老高有點措手不及，幸好他場面看多了，還能鎮靜下來；但卻也轉而從膽邊冒出火來，不覺懊惱地低聲喃喃詆罵著。

「你們這些猴崽子！很想跟我捉對兒相拼吧！好！就奉陪你們到底。」

血壓往他頭上衝，他豁出去了，思索著：「我可以將我的工廠賣了，將屋子押了，今夜也非爭到總會的頭頭不可！」

於是，他長身而起，滿臉通紅，青筋在額頭兩側猛烈地跳動。呼吸急促，聲若山洪，鄭重其事地說：

「我決定承擔全座樓的建築金。」

全堂掌聲隨即如雷價響起，選舉跟著便開始了，老高以一致票當選了「總會」的頭頭。

平生最耿耿不忘的願望終於實現了。老高回家途中，坐在車裏，心情不僅有說不出的興奮，情緒更是激動不已。車抵家門後，剛跨出車門，忽感腦袋一陣昏熱，眼前一黑，整個人失去平衡栽倒在地。

老高再也爬不起來，醫生檢查後說，是腦溢血，或氣過了頭，或過份興奮。一星期後，老高便與世長辭了！

邱伯伯講到這裏，屏息一下，歎口氣說：

「人死了，萬事也該休矣！然而，人就是這樣悲哀，瑣瑣碎碎還纏著不放人。」

首先，為悼念老高生前對總會的熱心，總會便依然追認他的頭頭地位，發了一張證書下來。

而出殯前夕，依風俗習慣，老高生前穿過或用過的衣物，都需在他下葬後焚化，說是好讓他帶到上天用去。高太太在收拾老高的衣物時，順便將證書也收在一起。

當最後一把土壤掩沒老高的靈柩後，高太太因為哀慟過度，被親友們扶到旁邊休息去，焚化工作便交由其兩孩兒負責去。

八歲么兒在幫助哥哥焚燒衣物時，不意拿到證書，便猶豫一下，問哥哥道：

「這張證書也要燒掉嗎？」

「是呀！」

「這不是爸爸新近才獲得的最高名位的證書嗎？」

「是呀！」十二歲的哥哥又再點點頭。

「應該留下來做紀念才是。」弟弟可惜地說。

「媽媽說，不可以的。」

「為什麼？」

「媽媽說，上帝看到了證書，爸爸就可以繼續在上天當總會頭頭。」

弟弟斜過頭，眉間不期然地皺在一起。

瞧著證書著了火燒起來，轉瞬間便化為灰燼，只見一縷輕煙嬝嬝上升，到了半空便消散得無影無蹤。十二歲的小小心靈上，亦不期然地但感無限迷惑……

「好了！故事講到這裏完結了。」

邱伯伯伸個懶腰。

但是孩童們個個還是坐著一動也不動，臉上皆掛著故事尚未分曉的問號。於是，有一位年紀稍大的孩童便問道：

「老高死了，那麼他生前對總會的承諾如何了呢？」

「哎喲！我不是講了嗎？總會不是發給他追認頭頭地位的證書嗎？」

「是呀！你講了，但追認證書只是一張紙而已！」

「可是這張紙卻是有極大作用的。總會把證書交給老高遺眷，就是要老高遺眷履行老高生前的諾言。」

「這樣說來，高太太還是將工廠賣了，屋子押了！」

「當然！當然！」

「那麼他們現在生活怎麼樣了呢？」

邱伯伯仰屋慨嘆良深地說：「高太太將工廠賣了，屋子押了，全部錢交給總會後；就帶著兩個兒子住到貧民窟去了！」

二〇〇二・七月

惶惶然

星期日一早，徐僑領換好衣服，餐也不用便要出門去。

慣例性跟著兒孫同桌享用「星期日早餐」的徐太太瞧見了，便問：

「一大早就匆匆要出門去，是什麼事嗎？」

「要開會。」

「連星期日也有會可開？」

「是的，因為是緊急會議。」

「是什麼緊急會議？」老大呷了一口咖啡問。

「還不是有關前兩天那新興市場所發生的事件。」那是一批兩百多人的大陸新僑因違背『零售商菲化案』而被捕。

「這有什麼緊急會議可開？」老大再問。一面拿片麵包給坐在他身邊五歲半的小女吃。

「出動那樣大批軍警，捕了那樣多新僑，弄得整個華社人心惶惶。如此嚴重事故，豈能不緊急商討對策。」徐僑領一副繪影繪聲的表情。

「哦！是這樣嗎？」老大不苟同解釋說：「但是，爸爸！依我看，出動那麼大批軍警，是因為整個新興市場都幾乎已被大陸新僑違法地經營起零售業來；而軍警捕人，也只在法律範圍逮捕那些違法的僑民，絲毫都不超出範圍外打擾華社，怎樣能說弄得整個華社人心惶惶然呢？」

「說得也是。」徐太太那愈越發福的臉龐，愈越襯托出一幅管定丈夫的神情。「我昨天到華人區買東西去，一點也嗅不到人心惶惶的氣味。」

「是呀！」老二插嘴說：「我昨天整天外出拜訪了不少客戶，雖說也有菲客戶，卻沒有聽到任何同僑客戶惶惶然提到新興市場事件，倒是同聲哀聲歎氣生意夠蕭條。」

「我昨天在學校裏，也沒有聽到菲同學說軍警要到處捕華人。」小女也接口說。

一家大小幾乎都不以為然。

「我看呀！」徐太太斜睨著丈夫再說：「是你在製造惶惶然，不是嗎？將事件愈越嚴重化，就會愈越顯出你解決事件的艱巨，也就愈越可提高你的聲望。」

「啊唷——太太！可冤枉呀！」徐僑領一臉委屈相。

「好了！好了！不必伸冤了，看你春風滿臉的，一絲惶惶然感也沒有，還有什麼話可說。」徐太太狠狠地挖著丈夫的瘡疤說。

一日，司法部聯合移民局突然發下了一道法令，要重新審核入籍者，說是因為發現許多入籍者，藉入籍之名行自身方便之實，完全違背宣誓時效忠菲國、服務菲國之誓言。

燎原之火，延燒而來！

遭遇新興市場新僑零售業打擊的菲小商販，開始聯合起來。一位肥胖的中年婦人首先發難說：

「在這裏好好地做了二、三十年的小買賣，今天卻遇到這些新引叔(註一)來搶食。」

「而這些新引叔是什麼三頭六臂呢？」一位鬈髮的男子接口說：「他們違犯『零售商菲化案』，卻每次被捕了，都能夠無事釋放地再繼續經營零售業。」

「這當然是有人為這些新引叔在背後護航。」另一位有八字鬍的壯漢幽幽然地說。

「這人是誰呢？」鬈髮的男子瞪大眼睛問。

「是一位人家呼稱為徐僑領的人。」八字鬍玄機地說。

「你怎麼曉得？」

「我老早就查清楚了。」八字鬍是那樣瞭然。「每次有新引叔被捕了，他們的華報就會出現徐僑領的救星新聞；所以，在他們華社裏，就流傳著這樣的一句話：新引叔有事，就找徐僑領。」

「那麼！徐僑領是個什麼樣的人物呢？」眾人不約而同的同聲問。

「一個白胖白胖，肚子凸出得比隻大皮球還大；況且——」八字鬍故作神秘。「還是個入了籍的華裔。」

「哦！入了籍的華裔！」大家神經像驟地觸了電似的，馬上嘩然起來。

於是——

你一句我一句。

「既然入了籍，就應該好好效忠菲律賓才是！」

「但是在他的心目中，依然只有中國、中國同胞！」

「這都完全違背他入籍宣誓時的誓言！」

「簡直是在欺騙我們的國家！」

「應該吊銷他的菲籍字！」

「甚至將他扔出菲律賓去！」

「對！對！對！將他扔出菲律賓去！」

「去！去！去！去！」

於是，大家浩浩蕩蕩來到徐僑領家門口。

「徐僑領！滾出菲律賓！」

「你這個口心不一的假菲籍者，滾出菲律賓！」

眾人齊聲地叫喊。

……

徐僑領渾身打抖地坐在客廳裏，六神無主地喃喃道：「我要怎麼樣辦了呢？我要怎麼辦了呢？……」

徐太太看著丈夫那種自己遇到事情卻怕得半死的神情，心中不由有些氣憤，便不管丈夫這時的感受如何，道：

「誰叫你玩火呢？」

「我那有玩火！」徐僑領又是一副委屈相。

「還敢強辯！」徐太太直瞪著丈夫，搶白說：「那我問你，是誰迫你入籍的呢？還不是自己心甘情願的；既然入了人家的籍，就應該忠忠實實做起個菲公民來才是，卻偏偏地還非插手那些什麼『中國事』不可；不是我說，那些新僑，他們背後也有祖國、有政府呀！他們發生了什麼事，理應由他們的祖國、政府出面去料理。這才是正途。你若是割不斷『中國情』、『中國愛』的話，當初你最好不要入菲籍不是沒事了嗎！」

「是的，爸爸！」老大也有所感地說：「這也就是可以解釋，為什麼今天那麼多華人入了籍，但在菲人眼中依然是『引叔』，那都是華人咎由自取，因為在他們心坎底處，他們還仍舊覺得他們是優於菲人的中國人！」

徐太太似意猶未盡，再深深地挖了丈夫一記瘡疤，數落說：
「我看！這一次才是真地嚴重了，也才是真地會讓你惶惶然了！」

二〇〇二・九月

＊註一：「引叔」菲語中國人也。

「威脅論」的故事

楔　子

在華人區一間咖啡室，老賴正對著坐在一起飲咖啡的幾位老朋友，慷慨激昂地大發偉論說：

「我就說，世界上沒有一個國家是希望中國強興壯大的。就說日本與美國吧！自從中國大陸進行改革開放後，國勢日趨壯大，他們便坐立不安起來，馬上發出什麼『威脅論』。……我就不明白，你美國可以在世界到處出售尖端武器，說是沒有威脅世界，中共僅出售傳統武器給予友邦國家，便威脅了世界？同樣地，你日本可以派兵到海外去，也沒有威脅到世界，中國發展了自己的國家，就威脅了周邊國家？真不知這些是屬那一門道理？……」然後，他立論再說：「我敢斷言，事實上，中國大陸的改革開放成功，所帶來的社會富裕，欣欣向榮，才是會惠及周邊國家的……」

（一）

老賴是位小商賈，在中路市場租鋪經營男女成衣，雖是收入微薄，夠吃夠用，然二十、三十年來，生活倒也過得無憂無患。

最近幾年，由於大陸改革開放後，大量湧入菲國的屬非法或不屬非法的唐山移民，如雨後春筍紛紛到中路市場開舖做生意，令中路市場乍見之下，似比昔往更加繁榮了。

一日，有一男顧客入舖來，老賴馬上迎接去。

「須要什麼成衣嗎？」他周至招徠著。

「這條牛仔長褲多少？」

「五佰五十塊。」老賴說。

「不少了嗎？」

「好！為歡迎你的光顧，減五十塊，就以五佰算去好了。」

「不能再減了嗎？」顧客還想再討價。

「五佰塊已是在本錢了。」

「但是隔鋪為什麼只賣一佰五十塊，還是進口的。」顧客指指鄰鋪說。

老賴愣了一愣，心想：「那有這種價錢？」

再一次，另有一少女顧客要了件有花繡的襯衫。

「多少錢？」

「一百八十塊。」老賴說。

「好昂貴！」

「昂貴？」老賴皺一皺眉。

「是的，隔鋪也是這樣的花繡，只賣六十塊。」

「小姐在開玩笑吧！」老賴笑一笑說。

「真地。」少女顧客一臉認真。「況且，還是進口的呢！」

隔鋪！隔鋪！隔鋪主人幾乎已清一色是些自來唐山的移民。他有些想不通了，一條牛仔褲一百五十塊，一件襯衫六十塊，既使是進口，如何算都還是不在成本裏，他們是怎樣做買賣的呢？

然而，不管這些新移民是如何做買賣，老賴的生意開始受到威脅了，不僅利潤愈來愈越微薄，買賣額更是一天較一天退縮。

（二）

一日下午，老賴坐在鋪裏無所事事，因為生意太淡了，根本已無法跟人家競爭。他正在唉聲嘆氣。忽然整個市場攪動起來，來了一大批警探，如臨大敵似的，將整個中路市場團團地包圍住。

據說，是獲得情報，有好多來自唐山的華人藉賣買做掩飾在運毒、販毒。

他們奉命要逮捕這些販毒的華人。

老賴腦海陡地掠過什麼思維，不覺轉念想：原來，他們的貨品是毒品的掩飾物，本來就是沒有本錢的，莫怪我是無法跟他們競爭。

兩、三位警探走進店鋪來，將老賴從頭至腳打量了一番，說要搜查店鋪。

「你是華人？」一位警探問。

「華裔。」

「華裔跟華人有什麼分別？」警探問他的同伴。

「通通都是引叔的臉龐。」同伴答道。

老賴聽了，有些氣憤。「引叔的臉龐有什麼不對？」

「沒有什麼不對。」警探不苟言笑說：「但是自從大批引叔移民到菲律賓來後，這幾年來，走私、販毒、仿冒……。總之，凡是違規違法之事，都有引叔的臉龐參與其中，所以我們不能不認真執行任務，因為這些引叔臉龐的為非作歹，已深深地正在威脅著吾菲國的社會安寧。」

「而你也是一張引叔的臉龐！」警探的同伴接口說。

老賴瞟了警探們一眼，心想：「這些新移民同僑不僅威脅著我的生意，也威脅著華社的清譽！」

他忽然對『中國威脅論』是否存在感覺到了迷惑，因為威脅本是可以指多方面的。

又忽地，其思維觸鬚猶似觸到了什麼，但聽到有個微弱的聲音在他內心響起。「事實上，中國大陸的改革開放成功，所帶來的社會富裕，將會惠及週邊國家。……」他不禁自嘲苦笑一下，覺得自己未免武斷得太早了！

二〇〇二・十二月

相輔相成

據說，老伍是某大鋼鐵公司的董事長。

也據說，老趙是某釀酒公司董事長。

再據說，老留是某船務公司董事長。

在一個宴會上，三人偶然相遇在一起，不知何故，彼此一見面，便有相逢恨晚之感。

老伍熱烈握住老趙的手，再熱烈握住老留的手，仰慕地說：「久仰！久仰！兩位真是聞名不如一見！」

老趙也緊緊握住老留及老伍的手，欽慕道：「久仰！久仰！真想不到，兩位是如此一表人材。」

老留也不便失禮，顯得更親切地左右開弓，將對方兩位抱住。「又何止不是久仰呢？今天看到兩位，更相信所謂『虎相之輩出天生』。」

三人說罷，都同時飲下一口酒。

老伍瞧瞧老趙，又瞧瞧老留，再說：「依我看，兩位事業是如此有成，可見兩位都是睿智過人，要是能出來為華社服務服務，該是多好啊！」

「是的！是的！」老趙點點頭。「為華社服務是應該的，不過我是稱不上有什麼睿智過人。我倒覺得兩位事業在當今菲國堪稱是數一數二，那才是真地魄力超人，能適時為華社服務，定會大大造福華社。」

「你兩都不須謙虛了。」老留也「當仁不讓」道：「其實，論才幹，論氣魄，你兩都遠遠地趕在我前頭，所以，你兩更應該出來為華社服務，方是華社之福。」

三人說罷，又不約而同舉杯互祝。

於是，不久，老伍為服務華社，當上了全菲華人鋼鐵總會的理事長。老趙、老留聞得消息後，便各自在報上以全版向其道賀。

又不久，老趙也為服務華社，中選了全菲華人釀酒公會理事長，老伍、老留得悉後，忙不迭也各以全版向其道喜。

又再不久，老留說也是為服務華社，在選舉結束後，以高票榮膺全菲華人船務總會理事長。老伍、老趙聽到消息後，都為老留高興地又各自在報上用全版向其恭賀。

一時間，報紙上都是他們三人的名字輪替地出現著。讀者們要是一天早上打開報紙，沒有瞧到他們三人的名字，反而會覺得早上的報紙是走了樣。讀者們對他們的名字已是那樣熟悉。他們的名字便這樣不脛而走，遠播四方了。久而久之，在糊裏糊塗裏，不知怎麼樣，便當上了什麼僑領的了。

當他們三人再一次偶而相逢在一起，他們都那樣心照不宣彼此道賀著：

「老伍！恭賀你當上了僑領。」

「老趙！也恭賀你成為了僑領。」

「老留！也大大恭祝你做了僑領。」

至於他們服務華社的成績呢？他們自身從沒有現身說明白，身後華社也沒有記載他們的功績。

二〇〇二・十二月

僑領的日記

「相輔相成」一篇發表後，有朋友打電話質問我道：「無論怎麼說，是老伍、老趙、或老留，他們既然擔任如此重大組織的僑領，或多或少總會有貢獻於華社；而沒有服務，哪來的貢獻呢？所以華社應該不會沒有他們的服務記錄，否則實在有些說不過去。」

朋友的質問的確也有一番道理，所以為對朋友有所交代，我便只好到處找尋他們的服務資料；可是，很不幸，不管我如何東奔西跑，到頭來，絲毫資料還是尋不著。

正當感覺失望之際，不知何故，忽然靈光一閃，好似有個聲音給我啟示說：

「何不找其家人去呢？」

對！一言驚醒夢中人，我為何一時想都不想到這一點呢？於是，車子開出車房，便直奔他們三人府上去。

為順路起見，我先來到伍府。

敲門後，但見伍太太親躬應門來。

「可有老伍生前服務華社的資料嗎？」我開門見山問。

「沒有。」伍太太說：「但有一本老伍的日記。」

「老伍的日記？」我迷惑。

「是的。」伍太太點點頭。「老伍生前每天都寫日記。」

我不覺心想：「原來老伍還養成如此好習慣！」便道：「可以借一借過眼嗎？」伍太太二話不說便馬上把老伍的日記交給我，我接過手，喜出望外的向伍太太告辭後，便到趙府去。

來到趙府，不想到，趙太太手頭什麼資料也沒有，唯有一本老趙的日記。

「日記？」我覺得多麼湊巧。

「是的，老趙生前是勤於寫日記的。」趙太太告訴我說。

接過日記，我來到留府。

萬萬想不到，留太太給予我的答覆，依然是：「只有一本老留的日記。」

我愕住了，這是怎麼搞的，三人竟都有寫日記的共通點。

於是，我把他們三人的日記帶走後。是晚，回到家，我便開始翻閱著。

我先打開老伍的日記：

×月×日

某社團舉行就職典禮，我監誓去。

×月×日

某社團慶祝新居聯歡，我赴宴去。

×月×日

祖籍國有高官訪菲，我設宴招待。

×月×日

×月×日

又有祖籍國的訪問團到來，為盡地主之誼，我帶他們到觀光勝地遊覽了三天三夜。

×月×日

有祖籍國父母官任期已居，即將回國升調他職，今晚特備大宴送行。

×月×日

有同僑在岷市華人區被搶，我向岷警交涉去。

×月×日

今天是僑領日，同僑竟沒有一個打電話向我問候，真是為華社白幹了一場。

……

看完了老伍的日記，我繼續看老趙的日記：

×月×日

我今天參加了三個社團的就職典禮，一個是在上午，一個是中午，再一個是晚上，令我忙得昏頭轉向。

×月×日

我吃得有些壞了肚子，但沒辦法，今晚又有某社團要就職典禮，邀我監誓，我又非去不可。

×月×日

他媽的，有祖籍國大官到訪，我一時疏忽，卻被老伍搶先招待去，再叫我跟老留陪座。

×月×日

這一次，我老早就在意祖籍國某大官的訪菲，所以他一抵岷，我就在機場邀約他吃飯；雖然他將我教訓了一頓，說人方風塵僕僕到來，尚未休息下來，就趕著要請吃什麼飯。但是他還是給予了我面子，答應我的第一個邀約。哈哈！這一次，我可在老伍、老留面前風光風光一番了。

×月×日

祖籍國父母官來履新了，我設宴為他祝福。

×月×日

同僑林氏住家遭祝融光顧，我慰問去。

×月×日

華社竟有人中傷說我不配做僑領，放著華社正事不做，只曉得跟祖籍國官員送往迎來，很是氣死我了！

……

繼老趙的日記，我翻開老留的日記：

×月×日

宿務某社團邀我為他們監誓去。不是我在說大話，老伍、老趙的社交範圍只限於大岷市，我卻是全菲。

×月×日

米骨那牙市某華校董事會聘我做董事長。他們都說，我是所有僑領中最關心華校的。

×月×日

今次祖籍國最高級領袖到訪，我擔任是晚宴會主席，這好比宴請數十位高幹還來得光榮。

×月×日

祖籍國領袖回去後，派一特使來答謝華社對他的盛情款待。特使當我臉痛罵華社太窮侈極奢，我唯唯喏喏不吭一聲，但褒獎時，他卻讚揚我是華社最有魄力的僑領。

×月×日

華社竟然有人罵我是沒有骨頭，自我作賤的人，我兢兢業業，任勞任怨為華社工作，是有目共睹，真是豈有此理。

……

我看畢三本日記，眼皮忽感蓋上一層重沿似的，再睜也睜不開，便索性把三本日記扔在一邊，昏昏地睡去。夢中，但覺周公走過來，將三本日記拾起，帶往高閣收藏起來。

二〇〇二・十二月

敢言三部曲

一日下午，路過華人區，由於天氣炎熱，便進入咖啡室歇腳，飲杯咖啡。

一跨進咖啡室，就看見老友蕭兄坐在牆角的座位裏，邊喝咖啡邊看書。

「看什麼書？」我挨過去問。

蕭兄抬起頭來瞧一瞧我，用動作表達地將書面伸到我眼前，我便將題目逐字地唸著：

「伊—僑—領—敢—言—三—部—曲。」

我馬上被這題目所吸引，便道：

「看完了，請借一借看。」

「我已看完，要看儘管拿去看。」

是晚，在燈光下，我便開始打開來看——

第一部曲

新年伊始，大地回春，大家正在互祝斯年美好。伊僑領突然召開了一個大型的記者招待會，令大家一時無不莫名其妙不知新春一開泰便發生了什麼大事，正摸不著頭緒之際，但聽到伊僑領聲嘶力竭對記者們大喊著說：

「本來，瞧見大家新春喜氣洋洋的，很不想掃大家的興，可是時局已是那麼緊迫，美伊之戰大有一觸即發之勢，所以我必須要趕在戰爭爆發之前，出來呼籲大家，不僅要竭盡所力阻止美國動武，更要看清美國這個霸道國家；其用心不是真地在為中東的和平承擔任務，而是為著石油與自身的利益。事實上，打從冷戰結束後，美國便一心一意欲稱霸世界。如今的美國實際上已是一個法西斯國家，總統布什更是希特勒再世。因此伊拉克戰爭序幕一旦揭開，美軍將會乘機到處侵佔人家的家園，世界將陷入萬劫不復之淵……」

伊僑領將美國批評得體無完膚，令記者們聽了無不背脊沁冷；於是，有記者便問：

「伊僑領！你這樣嚴厲批評美國及布什，不怕美國會找你報復嗎？」

「為了正義，我早已將死生置之度外了。」伊僑領一臉正氣凜然地說。

「伊僑領！你不是在美國有大量的投資嗎？」另一記者問。

「是的。」伊僑領點點頭。

「那麼！美國一旦要沒收你的財產，那該怎麼辦？」

「哈！美國若真地如此小氣，要以經濟來報復，沒收我在美國的投資，儘管沒收好了。說實地，世界蒼生遭害了，我那些財產又有何用！」伊僑領說得一片至大至剛。

翌日，記者在報上寫著：

「伊僑領的敢言、膽識，為華社古往今來第一人也！」

第二部曲

早上，伊僑領到達辦公室，剛坐下來，僕役送來了報紙，他順便翻開看來。不意，一條敏感新聞映進了他的眼簾，他不覺喃喃唸著：

「日本首相小泉三度參拜靖國神社。」

火氣隨即往頭上衝，他再也坐不住了，放下工作，馬上喊叫召開記者招待會，興師問罪，譴責說道：

「做為一位日本首相，竟然連續三度參拜靖國神社，小泉這種行為，孰可忍孰不可忍？不僅赤裸裸暴露他的好戰本色，根本就是殺人魔王東條英機的化身。這種人不早日除掉，難保軍國主義不會死灰復燃，也難保亞洲有朝一日不會再陷於火海；因此為今之計，亞洲各國人民只有先發制人，連心共誓，教小泉肉袒負荊，膝行謝罪，回頭是岸，辭去首相職位，要不然，不罷休……」

伊僑領壯懷激烈的陳詞，聽得記者們再一次為其額頭直冒冷汗。

於是，又有記者問：

「伊僑領！要是小泉聽了老羞成怒找你算賬，那該如何？」

「為了全亞洲人民的福祉，我個人的生命又算得什麼呢？」伊僑領臉不改色地說。

「據說你在日本也有投資？」

「是的。」

「一旦日本政府將你的財產沒收了呢？」

「哈！我在美國的投資多於日本三、四倍；我既可無動於衷美國沒收我的財產，何況日本呢？」伊僑領是表現得那樣豁達。

翌日，報上有言：

「伊僑領的膽識，富正義感，直教人五體投地。」

第三部曲

「這是何居心？一個是『兩國論』，一個是『一邊一國』，根本是狼狽為奸。這種死不悔改的台獨份子，是不見棺材不掉淚。所以唯有將李登輝與陳水扁擒拿起來，處於極刑，方能解中華兒女心頭之恨，國家亦才有統一希望……」

伊僑領滿臉紅漲，氣大脖粗地在記者會大罵著。

「伊僑領！不怕陳水扁會將你投獄嗎？」記者問。

「為國家統一大業，即使粉身碎骨，也要赴湯蹈火。」

「那你在台灣的投資呢？」

「只有國家統一了，金錢才有意義。」

隔日，報紙撰曰：

「伊僑領浩氣磅礴，不畏權勢，開華社罕見也！」

✣ ✣ ✣

看完書，退還給蕭兄，他卻一手接書，一手伸過另一本書來道：

「再看下去，這是續集，剛出版。」

我接過書，瞧瞧題目——〈伊僑領另一部曲〉。我不覺叫起來。「另一部曲，應該更精彩，更敢言！」

「你自己看去。」蕭兄不想道破內容。

是晚，回到家，我又急不及待打開來看——

另一部曲

伊僑領跟家人大小一起邊用晚膳，邊談著話。

女兒問：

「爸爸！你為什麼不對近來祖籍國駐這裏最高機關一些人員的傲慢態度，召開記者會，提出批評呢？」

「啊！妳不懂，這是家裏事，不宜對外宣露。」伊僑領一幅長輩口氣。

「但是，僑民有事要找他們時，卻要吃盡苦頭。」女兒抱不平再說。

「是的，還有另一樁事。」兒子也接口說：「近幾年來，祖籍國新移民來到這裏，不是到處違法，就是無惡不作，這不但破壞了華社的形象，恐有朝一日還會引起排華，祖籍國政府對這些事卻又不聞不問。爸爸！你也應該開個記者會，批評批評祖籍國政府的不聞不問態度。」

「啊！」伊僑領又是一幅長輩表情。「不是祖籍國政府不聞不問，是祖籍國人口太多了，政府一時管不了。」

「哦！真地嗎？」伊太太忽然插進口來，諷嘲地問：「不是找理由搪塞？」

「我……」伊僑領不覺有些心虛。

「哼！」伊太太白了伊僑領一眼。「不是我說你，事實上，你膽在那裏？批評日本、美國，甚還謾罵李登輝、陳水扁，說穿了，是因為你看到他們都是一些民主國家，言論自由是獲得法律的絕對保障，罵了、批評了都不會惹上什麼麻煩？相反地，遇到一個沒有言論自由的專制國家，看你便比隻小鼠還膽怯，敢輕易批評什麼嗎？」

二〇〇三・二月

目的

（一）

這幾年來，老尤憑著他那靈活尖銳的眼光，看準幣值的波動，今天拋出，明日買進，輾轉來輾轉去，就這樣輕而易舉地賺了大錢。

有了錢三餐就有了保障；有了保障，就無須再東奔西跑，生活自然而然便清閒得多了，可以說有的就是時間；又有了時間，人之常情，便會對周遭事物關懷起來。也許，老尤雖然早已入了菲籍，成為一菲公民，然血管裏流著的畢竟還是炎黃子孫的血，再加上幼年曾授業於孔門，於是乎，他便不期然地開始關心起華文教育在菲國的發展來。

（二）

所謂「貧居鬧市無人識，富在深山有遠親」。老尤發跡後，無論走到那裏，人們都是伸出雙臂歡迎他；因此，一下子，他便擔任了十多二十來社團的要職。

但是，老尤無論擔任要職的社團是什麼性質，他一到會場，便不忘向大家誠懇諄諄地闡明發展華文教育的重要性；進而在會議時，又提議將發展華文教育寫入章程。他的一片苦心孤詣經營，鍥而不舍努力，終於使與會人士感受其精神號召，最後都將他的提議列入了章程。這一來，無論社團是商業性質的、體育性質的、還是友誼性質的……。皆紛紛搞起華文教育的活動來。老尤為僑居地發展華文教育樹立了第一樁功勞。

（三）

為希望發展華文教育的活動能夠多彩多姿，老尤更身體力行，舉辦多項活動——

他親躬保送一個十多人的老師見習團，到祖籍國學習教學，為期一年。

他親躬跟華校配合，籌組華生暑假到祖籍國學習中文。

他親躬到祖籍國聯絡資深學者及老師，敦請他們來菲講學與輔導。

一時間，大家紛紛傚尤起老尤來，華文教育前途一片欣欣向榮。老尤又是功不可沒。

（四）

看到華文教育發展的勢頭較期望的還來得順利，老尤欣喜之下，便決定進一步團結全菲華人力量來擴大發展華文教育。於是，他便籌組起「菲華華文教育發展委員會總會」來。想不到，一呼百應，總會不僅迅速地成立起來；老尤還被當選為第一屆總會長；最後，就只在等待擇日宣誓，舉行就職典禮。

擇了一個花好月圓的夜晚，時間剛過七時，五星飯店的大餐廳裏已人頭攢攢，空無虛席。幾乎華社有頭有面的僑領皆出席了，連被邀請做監誓員的祖籍國駐菲最高機構領導人，也帶領全部人員提前到來。

典禮準時開始，經過一番宣誓就職後，總會長老尤便先上台講話。他今晚西裝是那樣畢挺，禿頂是梳得那樣又光又亮，滿臉又是那樣容光煥發；而那近年來逐漸發福的身材，今晚更顯得氣派非凡。他強調發展華文教育的重要性說：

「唯有發展華文教育，中華文化才能在僑居地一代一代相傳下去；亦唯有發展華文教育，吾僑子弟才不會變成數典忘宗的假外國人；更唯有發展華文教育，優秀的文化才能養育出優秀的民族來……」

老尤一番話，馬上贏得全場聽眾不絕於耳拍手叫好，甚至有人還激動地高喊起來：

「老尤好偉大……」

「老尤是當今菲華華文教育發展的明燈……」

接下去，是監誓員講話，以祖籍國母官的身份，大讚老尤為了在海外發展華文教育那種忘我的精神，真是古今中外第一完人。

再接下去，是菲華代表講話，也感動地說：沒有老尤，也許今天菲島已沒有華文教育，沒有華校，亦沒有中華文化了；咱們也都已變成了「番仔」。

典禮在全菲華人代表贈送老尤「為菲華華文教育發展先驅」的獎狀下結束。

（五）

銀光遍地，晚風習習，老尤跟太太坐在車內後廂，任由司機載他們回家。

一路上，老尤好像意猶未盡，整個心神還浸溺在典禮的氣氛裏。他嘴角忽然滿意地靦然一笑，情不自禁地問太太道：

「太太！你看我今晚是否出盡了風頭？」

太太一楞，掉過頭來瞧了他一眼，智慧的眉心不覺皺了一皺。

二〇〇四年・正月

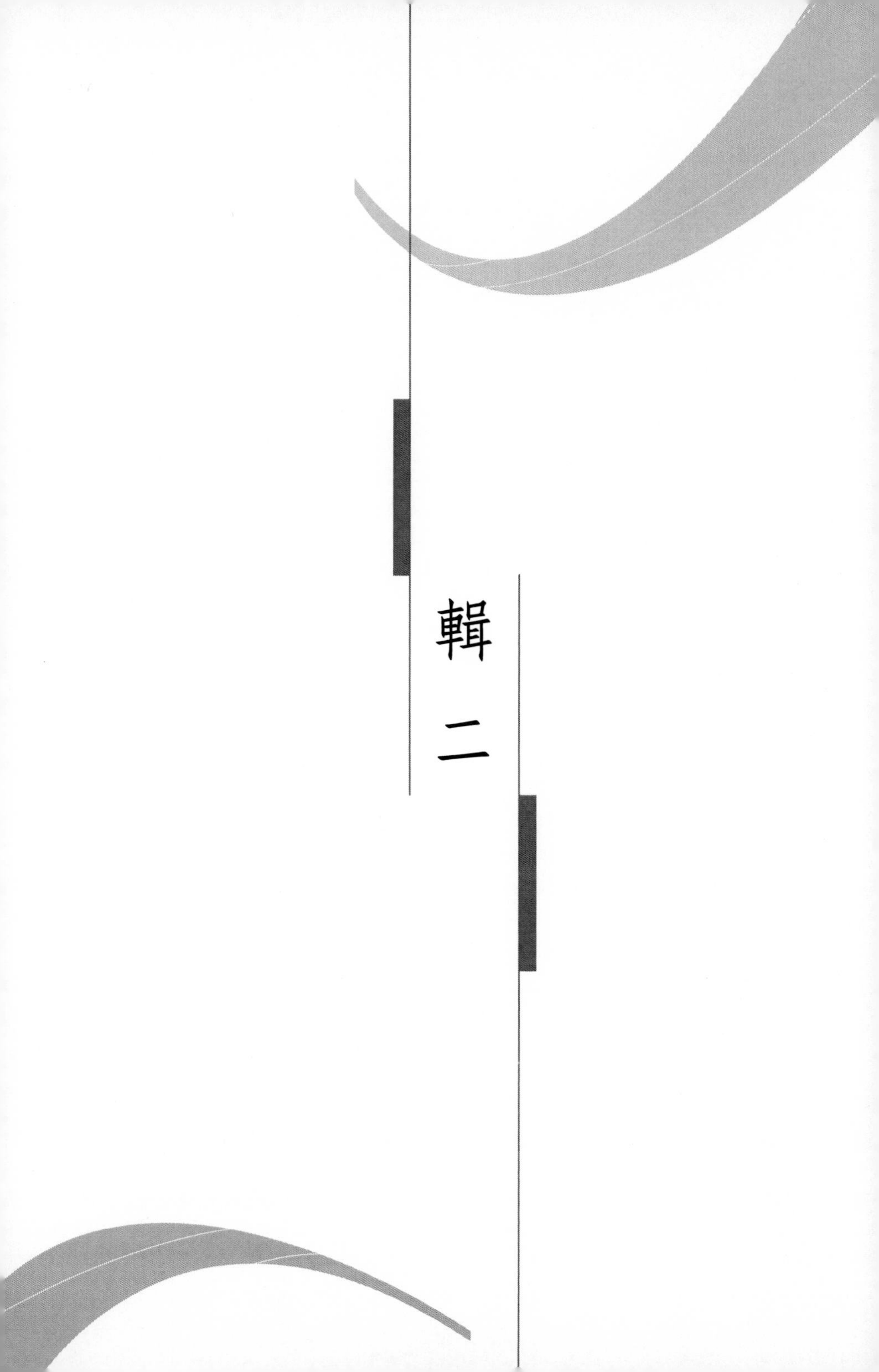

輯二

岷灣夜

（上）

這是一個颱風過境之夜。

狂風在嘯，暴雨在下，海浪如萬馬奔騰地捲滾著。人們在放工後，皆紛紛趕早回家，甫午後七時剛過，路上行人已寥寥無幾，顯得一片靜寂。

然而，靠近岷灣羅哈斯大道一間五星級大飯店，這時似乎才開始熱鬧起來，一輛輛嶄新轎車接踵而至，跨下的人物，不是菲華成功的商賈，就是有名望的僑領，或貴婦名媛。他們有車代步，有司機代駕，風雨自是跟他們無關。他們今晚是在歡宴一位來自中南海的重量級人物。

不久，那位中南海重量級人物也乘著更嶄新的轎車，由司機駕駛著到來。他一下車，主席團便簇擁過去，迎接他進入大廳；但見大廳燈光輝煌，氣派萬千，少說也開有七、八十席，席席早已坐滿了人，大家一見到他進來，都馬上站起身，拍手歡迎。重量級人物微笑向大家招招手，便被邀到前面貴賓席坐下。也許大家皆餓了，立刻開席用餐。

用了一陣子，大家肚子裏多少已填了東西，主席團便邀請重量級人物講話。

他先向大家給予他的熱烈歡迎致謝，然後便大講特講起今日中國大陸是如何又如何的進步。他講得唾沫橫飛……

「……經過二十多載的改革開放，每年經濟長成是以兩位數躍進，不僅外匯儲備居世界第二位，國家更是空前昇平盛昌，社會富裕安定，人民豐衣足食。……在建設有特色的社會主義之下，故國經濟前景是一片大好。……」

重量級人物端的是位講話才子，聽得在座各位屏氣出神，由於大家皆已吃飽飯，再身處在這空氣調節得合宜，氣派之宏偉的大廳裏。大家眼前便不期然而然虛幻地出現了一幅故國強興進步、國泰民富的圖景，不知不覺猶似自己也已置身在其中；而忘卻了周遭的環境——忘記這是菲律賓，忘記身在大飯店裏，更忘記飯店外正風雨加交著。

（下）

狂風在嘯，暴雨在下，海浪如萬馬奔騰在捲滾著。岷灣外海，天地是一片漆黑。

又是一波巨浪翻捲過來，漁船被拋向半空中。

男女老幼混雜的恐懼尖叫聲，隨即在船上響起來。

然後，巨浪翻過，漁船似隻玩具船，又被丟下海面，大家這才暫時又鬆了一口氣。

可是，已被一波又一波巨浪捲滾得魂飛魄散的心緒。這時，孩童只有伏在母親懷裏哭泣，婦人們除了茫然地跟孩童擁抱縮在一起，也已被恐佈折磨得渾身顫抖，不能自己的嚶嚶抽咽。唯一所能做的事，便是嘴裏唸唸有詞求觀音菩薩保佑。

原來，這是一艘載有二十多位男女老幼人蛇的漁船，五天前，從中國福建省沿海偷渡出境。一路上，風和日麗，人蛇們都竊喜遇到好天氣，計算一番，再過天半或兩天，便可抵達目的地了；豈料，人算不如天算，向晚時分，海面忽然狂風驟起，海濤洶湧澎湃。當然，他們那裏知曉，他們是遇到颱風了。

船隻在凶濤惡浪衝擊下，不旋踵，便迷失了方向；再不久，馬達也失靈了。天邊迅速暗下來，船隻只能在黑暗的海上摸索，任由海浪擺布著；時而被衝向一斜，時而被拋出海面。

恐懼、發昏、嘔吐，再加上暴雨淋溼，人蛇們經過一番掙扎，個個已心力交疲。沒有人能把握自己的命運，在下一刻將如何？

突然，有一個二十來歲青年人在船頭指著前面喊起來。

「你們瞧瞧！前面有燈火。」

大家朝青年人所指方向望過去。這時海浪已稍為平靜。

「有陸地了！有陸地了！」大家喜出望外，不約而同叫起來，都有著欣慰之感。

「是否是目的地了？」有一位婦人問。

「看地勢……應該不是。」一位較高齡男子察視四周，搖搖頭說。

「管它是不是目的地，有陸地就好。」另一位男子說。

「是的，就只有短短一程了。」再另一位男子說：「但願佛祖保佑，不要再起風，讓我們平安抵岸。」

「大家協力尋覓能划水的東西，把船快快划過去。」高齡的男子提議說。

大家馬上蠕動起來。

「媽媽！咱們就要到了嗎？」孩童問著母親。

婦人破涕為笑摸摸孩童頭顱。「孩兒！咱們就要抵岸了……」

一言未了，一波滔天巨浪猝不及防猛然滾捲過來，霎時將船隻捲起兩、三丈來高，船身支持不住便在半空翻倒。船上人蛇們猶如樹上掉下來的果子，一個個落進海裏；一連串尖叫聲、救命聲劃破夜空淒慘地呼喊著，而後暫暫地趨於微弱，再終歸沉寂。……

尾聲

翌日，太陽撥開雲層露出了笑臉，天氣晴了。在報攤上，是西報、菲報、中報，不約而同都在首版上刊登兩則有關岷灣昨晚的新聞。

一則：中南海重要級人物五星飯店演講。
改革開放二十餘載
外匯儲備世居二

另則：中國人蛇偷渡遇難
岷灣黑夜逢狂濤
全船人蛇葬海裏

在麥當勞，一位菲人士在跟他的朋友用早餐。他一面用餐，一面閱報，看了上述兩則新聞，不覺有感對其朋友道：

「吾國（菲律賓）雖沒有居世界第二的外匯儲備，然吾國國民卻不需偷渡出境。」

二〇〇〇・十一月

新女性

小兒已二十七，尚未立室。

這當然跟小兒的性格比較內向，不善交際有關，然最大原因，還是小兒的家庭背景，換句話說，也就是做為小兒父親的我，是個普通受薪階級者。在這極為保守的菲華社會，傳統上，女方的長輩雖重視男子的品德，但也不能無視於男方的家庭經濟。這也難怪，天下父母親，誰不疼愛自己的兒女?花上數十載的心血，呵護備至把女兒養大，出嫁後，總是希望也能過得無憂無慮的寬裕生活。所以，小兒雖有過兩、三次女朋友，做人也很奮發圖強自愛，卻都因我這個不爭氣的父親所累，最後女朋友都打退堂鼓，不了了之。

一個星期日早上，我無事在家閱報，偶然瞧到一則新聞，說是梅女士要來菲訪問，我心頭不覺一觸，便非常細心地將新聞內容閱個夠。因為提起來，吾家及梅女士之間還有一段交情，那是五十多年前在上海，大家都還是中學生，梅女士為躲避父母在鄉下指腹為婚的婚事，寄居到我的家裏來，因為她跟二姐是同學，兩人相交頗要好，二姐又非常同情她的遭遇。就這樣，她便跟我們生活在一起，早上一同上學去，下午一同回家，不知不覺，我跟她之間彼此便有了愛慕之情；只是過了一段時間，不知何故，她忽然非常忙碌起來。起初是放學後，她常常說她還有事情要辦，不跟我們回去，後來有時連早上也不上課去；及至最後，更是曠課連月，索性便放棄了學業，令人摸不著頭緒，她究竟是怎麼樣了?迄至時局急轉直下，她才公開暴露她的身份，原來她老早已參加了共青團，幹著地下宣傳工作。她以她的遭遇，猛烈批評封建主義、舊中國社會，而贏得了「新女性」的象徵。

到了「解放」前夕，她幾乎已練就一身「冷血」，頭也不回完全將感情之事放在一邊；而在這時候，父親也頻頻從南洋來信，催促我們早日離開上海到南洋去。

五十多年不見，她如今幾乎已是大陸上一位中量級人物。

我忽然有一股衝動，希望她到菲訪問期間，能跟她見一面。

多方爭取，她似乎還認識我，便撥出一個晚上時間在旅館的咖啡室接見我及家人。

見面時，大家雖都已上了年紀，但是我看到她那柳眉間仍然不減於當年「解放」前的堅毅。她這次到菲訪問，除了由她丈夫陪同，身邊還帶著一位已長得亭亭玉立的女兒。當她為我介紹坐在她身邊有些木訥的丈夫時，她神情是顯得那樣高昂又驕傲說：

「他是一位又專又紅的無產階級貧農。」

倒是她的女兒，完全跟其父親倒轉過來，白皙又清秀，幾乎是其母親少女時的翻版；而那水汪汪靈活的眼神，更幾乎是重現了其母親參加「共青團」前的溫柔與活潑。

坐了一會兒，她向我講述大陸五十年來的婦女解放運動，原來她還是當今大陸上一位婦運領袖。她以自己走過來的人生為例說：

「建立自信自強的獨立精神，那怕環境如何惡劣，生活如何貧困，也要乘風破浪而過，那才是新時代的女性。」

我的確佩服她跟封建奮鬥到底的精神。

這時候，有人進來對她說，有長途電話來自中國大陸，請她到房間聽去。

趁她上樓，我也到洗手間小解去，妻子卻隨著我後面追趕過來。

「你看她的女兒如何？」妻子趕上來問我道。

「秀麗可人。」

「將她介紹給小兒，你看如何？」

「可以嗎？」我猶豫一下。

「我想大概是沒有問題。」妻子好似很有把握地說：「梅女士是一位很新式的女性，相信是不會像咱這華社一般人如此重視家庭經濟背景。」

我想一想，妻子的話似乎有理，便點點頭說：「我試一試。」

小解完後，折回咖啡室，梅女士也已聽完電話下樓來。

我呷一口咖啡，提起膽子，便單刀直入對梅女士提議說：

「吾兒今已二十七，尚沒有女朋友，想跟妳女兒做做朋友，不知妳意見如何？」

「好是好。」梅女士稍微點一點頭。「不過……」

我屏息靜聽。

梅女士那眉宇間的堅毅神情驟地消失殆盡。「只要你有一座大洋樓，銀行有二千萬的人民幣儲蓄。你小兒什麼時候要跟我女兒做朋友，我都會放心了。」

我登時目瞪口呆，也看見妻子一張嘴開得大大的。

分手後，一路上，妻子忿忿地說：「真想不到，所謂『新女性』形象背後，竟然比封建還要封建。」

「別如此批評人。」我瞟了妻子一眼，平靜地說：「其實，妳應該明白，同是一樁事發生在自己身上，及發生在別人身上，所承受的感受，畢竟是不同的；所以，梅女士可以咬緊牙關來表現自己是位新女性，也可以鼓勵別的女子要有吃苦的韌力來做位新女性，就是無論如何均不忍心瞧見自己的女兒吃苦受難，既使一點點。說起來，天下父母心都是一樣子，因為人就是人。」

二〇〇一・正月

翡翠駿馬

一日，朋友莊君到我辦公室來，看到我辦公桌前放置一匹有八、九寸大小的碧綠飾物駿馬，便隨手拿起來瞧瞧，說：

「好漂亮的翡翠駿馬！」

我不覺噗哧一笑，知道他跟我一樣，對玉石的認識也是門外漢，心裏有底便問：

「你可曉得這隻翡翠駿馬那裏買的嗎？」

「日本！」

「不是，中國大陸。」

「多少錢？」

「你猜猜！」

但他不猜，只說：「不便宜。」

我挑一挑肩。「可以說不便宜，但也可以說便宜得很。」

「這話怎麼講？」他迷惑。

「很簡單，懂得買，就便宜；不懂得買，就不便宜。因為這根本不是什麼翡翠。」

「是什麼？」

「我也不知曉。」

「……」

那是去年歲暮，趁著四、五天假日，我跟朋友佘君到大陸一遊。

屈指一算，我已有七、八年沒有到過大陸了。據朋友說：七、八年大陸又是另一幅新面貌了。也的確，當飛機抵達廈門時，步出機艙，瞧到那堂皇又新穎的機場；再前往旅館的一路上，那不亞於歐美的寬敞大道，綠樹成蔭整齊的兩旁；尤進入市區裏，更是一幢幢櫛次鱗比的高樓洋廈。是的，大陸是進步好多了。做為海外的遊子，我心坎也為它的進步滲出一份喜悅。

在這四、五天行程中，我跟佘君最希望的去處，是能登上武夷山。所以翌日一早起來，我們就往武夷山跑。

武夷山素有福建第一名勝之稱，似乎一點也不錯。山勢雄渾靈秀，攀嶺而上，則大有「徒觀其旁山側兮，則嶇嶔巋崎，倚巇迤巇。」而站在高處瞭望，更見峰巒疊翠，似在雲霧之間，若隱若現，另有神仙祟高洞天。

我跟佘君登上了天游峰，已是上氣不接下氣，便坐下來休息。

不久，一位販夫走近我們身邊，向我們兜賣東西。

「翡翠駿馬。」

但見駿馬青綠光澤，又雕塑得生動活現，朋友佘君便問：

「多少錢一個？」

「兩千元人民幣。」

說實地，我兩對翡翠既沒有常識，也不知市價。佘君便隨便向販夫討一討價說：

「一千兩佰！」

販夫似乎怔一怔，苦笑說：「一千兩佰虧本呀！」

佘君不理會。

販夫又道：「你再加一點，這翡翠好美的。」

朋友佘君想一想。「好！加一百塊，一千三佰塊。」

「這樣吧！」販夫一臉無奈。「你好人做到底，一千伍佰塊。我沒有賺錢沒有關係，只是不要教我虧本。」

佘君被說服，買了。然後對我說：「這翡翠翠綠極了，你也買一個回去做紀念。」

於是，我也買了一個。

也許，上山時，一心一意唯想遊山賞景，而沒有注意到山麓下的排攤——或者是瞧見了，沒有放在心上。所以，下山來，才發現「新大陸」似的，山邊的排攤是長長的一連。

我與佘君不約而同趨前瞧瞧。

不瞧也罷，一瞧，才發現攤上也排了好多翡翠駿馬，跟我們在山上所買的一模一樣。佘君掉過頭來看看我，我也看看他，彼此好似有著默契，佘君便試探地問：

「這駿馬是什麼玉？」

「翡翠。」

「多少錢一個？」

「七百塊。」

佘君發楞了，我也呆住了。

回到城裏，佘君還是不甘罷休，再找到百貨店去，更是令人咋舌，才三百二十塊錢一個。

「這是翡翠？」佘君不死心指著駿馬的玉問店員。

「當然不是。」

佘君渾身馬上癱軟下來，搖搖頭對我說：「我們被騙了！」

「不！」我哈哈大笑。「花了三千塊錢，買個經驗，也是值得。」

可是，在大笑之後，我心頭不禁地想：在一個人人向錢看的社會，買賣竟就是這樣，絲毫都不講道德了？

而當我在思考這問題偶而抬起頭來時，看到那現代化的鋼筋水泥高樓大廈，一個更重大的問題又襲進我腦中。

「一個國家須要物質建設，但似乎更須要文化建設；文化建設的成敗，才是真正攸關到國家前途的興衰，對嗎？」

回菲後，這個問題還一直縈繞在我腦際，久久不去。

二〇〇一・三月

感恩

患了一場大病後，醫生小心翼翼囑咐我，最好能覓個清幽的環境休息一陣子。好友寧便自告奮勇對我說：「到我的海邊別墅渡假去。別墅除一看管者，空著無人。」

這真是一處山明水秀的風景地，它位於描東牙．仙範社郊區。別墅背山面海，四周椰影婆娑，海面遼闊無邊，空氣又是那麼清新，的確是休養的好去處。很感謝好友寧，他是位菲律賓人，祖上都住在描東牙市，他在描東牙讀完中學，就到岷市入大學，後就在岷市工作。咱兩由同事，而成知已好友。

我每天早上起床後，就到海灘散步去，踏在沙灘上，但見沙石晶瑩雪白，海風習習，灘波綿延；而在晨曦映照下，遠處更見海面波光粼粼。據寧說，這是一塊方開闢不久的處女地，人煙稀少，所以海水清澈見底。

散步回來，就看點書，直至中午用完飯，午睡一會兒，就照寧所指示的，抄大門左邊的一條小路，來到大街的交叉處，搭上集尼車（註一）到社區走走去。

如寧所言，仙範社是一個小得不能再小的社區，也的確，一日，我花了還不到二十分鐘的時間，就將整個社區走個透。然因時間尚早，又沒有什麼事情可做，就又無聊做散步再繞一圈子，經過一間雜貨店，先前沒有注意，這時卻注意到店內坐著一位老者，頭微禿，年約六十左右，貌似華人，我心頭不覺疑惑起來，這裏也有華人？便好奇跨進店內，想藉買物跟他攀談。

買了兩樣東西，付錢時，我故意用咱人話問：

「多少錢？」

他瞧了我一眼，於是，我兩便交談起來。

他以為我是推銷員，到這裏來賣貨。我說不是，我是因身體有病，到這裏來休養。以後，我便常常在下午找他去，他是那樣歡迎我，並不嫌我年齡少他十多來歲。因為在這唯有幾百戶口的小社裏，據他說：只住兩家華人，一家是他，另一家是位在田地種菜兼養豬的蔡姓，再沒有其他華人朋友；而小社裏的買賣，都放在上午，下午零零碎碎，閒也閒著。

漸漸地，他告訴我他的身世與經歷。

他姓孫，在唐山長大。那一年，六十年代初期，他才三十出頭，剛結婚，生一女，神州大地又掀起一股政治鬥爭運動，他便攜眷帶女離開大陸，經香港來到菲律賓，投靠他的一位伯父。伯父早年來菲，娶了一菲婦為妻。妻為描東牙・仙範社人，藉著這點關係，他便在仙範社定居下來，開創事業。先後又生兩男。

孫先生雖是身體癯瘦，卻非常健談。

我看他的雜貨店生意，規模並沒有怎麼樣大。說實地，在這樣的一個小社裏，買賣只有那幾個人，要大也大不起來。可是他對社裏人卻表現得非常慷慨，有捐必與。我在短短的兩星期內，就目睹社裏的救火局、學校、教堂來向他捐款，他都來者不拒，解囊捐獻，未曾皺一皺眉，吁嗟一聲。

我在旁邊為他計算一番，一手賺入，一手捐出，到頭來，還能存下多少？

一次，又有一所學校來向他捐款，他二話不說，就捐了出去。我見了，忍不住問：

「你有否量入為出？」

「這當然。」

「但你這樣大量的捐獻，相信所賺的錢，也剩下不多。」

「這有什麼關係。」他好坦然。

「豈不是白辛苦了一場？」

「也沒有。」他搖搖頭。「想想三十多年前，我從大陸來，身上一文錢也沒帶，今天既有了自己的屋子，也有了自己的事業，豈能說是白辛苦了一場呢！」

「但你也無須出手如此大方。」我為他心疼。

「你錯了！」他說：「我是該捐就捐，無所謂大方或不大方，而是一種報恩。」

「報恩？」我苦笑說：「我聽不懂。」

「三十多年來，要若沒有菲律賓，我能生活得如此安安舒舒嗎？」

「……」我沒有回答。開始沉思他的話。

他再說：「賺菲律賓錢，再回饋菲律賓社會。時時抱著感恩情懷，是應該的。」

我深深被他的話所感動。

……

兩個月過去了，我身體已迅速完全復原，不應該再繼續打擾寧。回岷前夕，我特地去向孫先生告辭。我將永遠忘不了孫先生，也忘不了這仙範小社。我不僅在這裏養好了病，更在這裏上了一堂極有意義的課。

二〇〇一・四月

*註一：「集尼」是菲國一種小型公共客車。

殘腿的老人

搬到這裏來，令我最滿意的，就是臨街對面有個小公園。公園雖小，樹木卻蔥蘢茂密，在鬧市取靜中，尚有一份幽逸。我幾乎每天在黃昏時分便到那裏散步去。

每次散步時，在假山那一邊，我總會瞧到一位老人坐在假山旁邊的一張石椅裏納涼。看上去，這位老人大概已有八十出頭，可鶴髮之下，兩肩寬厚，臉色紅潤，坐姿更是背脊如柱，一副老當益壯；唯遺憾的，腰下卻殘了一隻左腿，兩根拐杖就放在石椅旁邊。

由於幾乎天天碰面，彼此便開始點頭微笑打招呼，再後就寒喧交談起來。從他口中，他告訴我說他是改革開放後才移民來菲的，他有家眷，但妻子在七十年代病故，兩個女兒也都已出嫁，隨夫婿留在大陸。他移民來菲後便一直住在其姪兒家，其姪兒家就在這附近。

說實在地，不知何故？我對這位老人的殘腿很感好奇，很想曉得他為什麼殘了一隻左腿？但老人除了約略對我講述一些有關其家庭情況，對個人事卻絕少言及，尤諱莫如深提到「殘腿」字眼；不但令我無從得知其「殘腿」因由，亦使我在下意識裏有感「殘腿」也許曾經帶給這位老人有過一段難忘的心靈創傷。

終於有一天，在散步時，天空忽然下起霏霏的細雨來，我便急忙想離開公園歸家去。就在這時，我遠遠瞧見在假山那邊，老人拎過拐杖，撐起身子也要離開；為了避雨，老人一時跨起步或者過於匆促，右邊拐杖朝前一滑，老人身體失去平衡，踉踉蹌蹌，撲通一聲，便跌坐在地上。我見狀不對，一股救助之情油然而生，再也顧不及下雨，及時掉頭跑過去，一面扶他站起身，一面問著：「跌傷了沒有？」

「幸得沒有傷筋斷骨。」老人撐穩身子，試著扭一扭。

「那是你身體底子好。」我羨慕地望著他那壯健的體格。

「哈！殘腿！已是廢人一個，還談得上什麼身體底子好？」他自我解嘲說。

我瞟了他一眼，但感其聲音裏充滿怨懟。不覺默然下來，陪著他緩慢地、一步步踏出公園，渾身任由細雨吹打著。

踏出公園大門，門外有一候車亭，我兩便在亭裏避雨。這時，老人不覺仰空良深浩歎一聲，情不自禁說道：

「被日本鬼子打不斷的腿，卻被自己的政府打斷了！」

老人開始道出了他殘腿的因由——

原來老人曾經是位職業軍人，青少年時正趕上抗日戰爭。在一次武漢會戰中，其所屬的師在經過將近兩星期跟日寇激戰後，由於後援無續，最後糧盡彈竭，重重被包圍。雖然大家都有視死如歸的決心，但能減至最低的犧牲總是良策，而首重就是能保全師長的生命。他當時便想出一計，讓他帶領部份人馬衝出重圍，因為其體格高低都酷似師長，只要換上師長的軍裝，夜間便可亂真。終於得計誘敵窮追直趕，師長便帶領另一部份人逃脫；迄天將亮，他才被日軍追上。日本軍官一見不是師長，受騙之火馬上往頭直冒，逼問他師長的下落，然他寧可忍受任何酷刑，也不想失節。日軍無奈，便將他帶往一荒野處，棍棒橫加朝他兩腿猛打，直打至幾乎爛了，日本軍官才喝止對他道：

「你的堅強沉毅，真是一位出色的軍人，令我服了。好了！我不忍一下子便把你斃死，現在你兩條腿反正已走不動，在這人煙絕跡的荒野，就看你的造化。」

說罷，便領著部下揚塵而去。

他在荒野爬了三天三夜，才碰見一茅屋；而絕處逢生，兩腿獲得治療。

豈知，在那荒誕不經的無產階級鬥爭年代，他的堅貞抗日歷史反而成了一種罪過。

在所謂群眾批判大會上，他被迫跪在台上接受審問。

「從實招來，你當年是否參加蔣介石的軍隊？」

「當年蔣介石領導的國民軍，是中國唯一的正統抗日軍隊，我參加了有什麼不對。」他據實地回答。

「廢話！」群眾頭頭喝斥著。「當年毛主席老早就在井崗山組織紅軍，你為什麼不參加去？」

「我為什麼要參加？」他坦率地說。

「為何不參加？」頭頭指責著：「當年要不是毛主席領導的紅軍，抗日那能獲得最後的勝利？這一歷史事實，人人均曉得，你反而不參加！」

「不！」他堅決要還歷史清白。「根據歷史事實，當年是蔣介石方夠資格、夠條件領導全國抗日的唯一領導者……」

「放屁！放屁！」頭頭大發雷霆。

然而他絲毫不畏懼，繼續道：「最明顯的歷史印證，當年在重慶，毛澤東還舉起杯子，面對蔣介石，服膺他對抗日的領導……」

「打倒蔣介石奸細！」

「殺掉蔣介石奸細！」

群眾喧譁起來。

「日本鬼子砸不爛他的腿，咱們今天就非將他的腿砸爛不可！」忽另一頭頭喊著。

群眾湧上去，木棒、鐵鎚瘋狂朝他腿上齊下……

✣ ✣ ✣

夏去雨來，一轉眼，聖誕歌聲已在島國上空飄盪。

一個黃昏，我依然到公園散步去，老人依然在公園納涼。

突然，有一華人組成的遊行車隊從公園一帶經過。

「他們在做什麼？」老人瞧著遊行車隊問我。

「他們在抗議日本對『南京大屠殺』的無視。因為今天是十二月十三日，是南京大屠殺紀念日。」

老人沉吟一下，陡地抬起頭問：「你可知日本為什麼會無視南京大屠殺呢？」

「因為日本愈來愈膽大妄為……」我忿忿地說。

老人卻搖搖頭。「那麼，日本為什麼不敢無視於『珍珠港事件』呢？」

「……」我一時啞然無語。

但聽到老人輕喟一聲，低下頭望著其殘廢的腿子有感喃喃道：

「人必自悔，而後人人悔之。」

二〇〇一・六月

何懼獨立

相信，站在民族情感上，任何一位炎黃子孫，都是不會願意瞧見國土被分裂出去的。而如今，台獨氣燄卻是如此地愈來愈囂張，實在無不令人憂心如焚。所以，當人民政府在首都北京一聲呼籲，來個「反獨促統」對抗時，海外華社無不紛紛搖旗吶喊響應。頃刻間，活動便如火如荼在每一個角落燃燒起來。所謂救國如救火，我自命自己是個「有靈魂的中國人」，豈能袖手不理呢？因此，當「反獨促統」一掀開，我便義無返顧投入這時代浪潮，跟著那些愛國華人志士隨波逐流。

可是，就在這時，我忽然接到一封來自加拿大的郵信。起初，我還以為是兒子老大寄來的，因為三年前他大學畢業後，就移民到加拿大工作去。然當我打開封皮後，卻發現是張結婚柬帖，是W・T・卡寄給我的。我先是怔了一怔，繼而不覺噗哧一笑，心想已是什麼年齡了，現在才要結婚，真是西方人就是西方人，跟東方人不一樣。

然後，我在柬帖底下還讀到他這樣寫著：很快的，前次見面距今已有三年了，希望這次我能在結婚典禮上再見到你跟你的太太。別忘了，我這次是要證明讓你瞧瞧。

我不覺又是噗哧一笑。

是的，三年前，老大到加拿大工作後三個月，由於是初次出遠門生活，我與妻子都不大放心，便偕同到加拿大看望他去；當然，我也想順便拜訪卡去，只是老大是在溫哥華工作，卡是住在鄂大瓦，須要再坐飛機，妻子卻一心只想留在溫哥華陪老大，我便自個兒到鄂大瓦去。

到達鄂大瓦，一見到卡，我劈頭便問：

「還是單身漢一個？」

「覓不到一起生活得來的終身伴侶，有什麼辦法！」他聳聳肩說。

「你已將近五十。」我調侃說：「我看，你這一輩子是沒有希望再覓到終身伴侶了。」

「哈哈！」他大笑起來。「五十——人生方開始！」

「是自我安慰吧！」我故意挖苦。

他反唇相向。「怎麼樣？你如此關心我的婚事，是擔心吃不著喜酒？」

我不禁想起我們彼此間的契約。那一年，我到美國CHARLOTTESVILLE弗吉尼（VIRGINIA）大學作研究，卡也從加拿大過來，孤寂把咱兩緊緊拉在一起。研究畢，咱兩已相處得非常融和。那時，咱兩都還年青，分手時刻，為希望以後能夠有機會再見面，便訂下契約，彼此結婚要相邀。回菲不久，我結了婚，邀他，他真地千里迢迢從加拿大來赴我的喜宴；然而，看著我的老大已長大成人，他卻遲遲還不成家，於是，時不時，遇有書信聯絡，我都會在信尾特別提醒他，我在等著吃喜酒。

我含笑順手推舟說：「可以這樣說。」

「你放心，我絕對不會使你失望。」

如今，他終於實現了他的諾言。我便偕同妻子飛往加拿大參加他的婚禮去。

既隆重又簡樸的儀式。是日，只有寥寥幾十位來賓。他說，他只須要這十來位來賓予他的衷心祝福就夠了。在加拿大，打擾人家似乎是件很難為情的事。

倒是翌日，天還灰濛濛，卡便跟他的新娘來到旅社，把我及妻子喚醒，未等我問明是什麼事？便喊著說：

「一同到魁北克玩去。」

我蹙一蹙眉頭。「你兩剛結婚，要渡蜜月，不能干擾你們。」我拒絕地說。

「別忌諱這些，當初你在菲律賓結婚，不也是翌日就帶我到碧瑤玩去。」盛情難卻。

假使我不記錯的話，魁北克在第二次世界大戰期間，曾是當時美國總統羅斯福與英國首相邱吉爾舉行會議之地。前後兩次，時間為一九四三年及四四年，討論對德日的作戰計劃。所以魁北克也該是一歷史勝地。

來到魁北克，正如卡所言，你猶如離開了加拿大，置身在另一國度裏。的確地，完全異於加拿大風味；瞧見的是整排街的法國式建築，聽到的都是法國言語，法國菜餚更是應有盡有。

我們一面玩，卡一面講著！

「這裏幾乎都是法裔聚居的地方，所以便有一部份法裔尋求獨立……」

「這怎樣可以！」我馬上聯想到台獨，神經質地打斷卡的話。「你們的政府應該攔阻。」

「沒有必要。」卡平靜地瞟我一眼，簡短地說。

「怎樣如此說？」我很不以為然。「分裂國土是國家大事呀！」

卡還是顯得那麼平靜，微笑搖搖頭。「不！加拿大是個民主體制的國家，民意第一；所以我們政府所能做的，就是舉行公投；讓魁北克居民決定他們自己的前途；只是在先後兩次的公投中，多數居民還是想留在加拿大。」

「但是，要是再來第三次的公投，能擔保不會獨立出去嗎？」不知何故，我還是那樣激動。

「這就全看咱們加拿大政府了。」卡輕輕地拍一拍我的肩頭，儼然地充滿信心說：「其實，人之為人，都是希望過了今天的生活，明天會更好，這當然包括物質上的豐衣足食，及精神上的自由自在。而現在，只要咱政府在民主體制下繼續努力發展下去，在可預期的不久，一個更高度的民主、自由的美好明天，是一定會實現的。到時候，相信沒有一個居住在加拿大的人會再想生活獨立於加拿大外。……」

我靜靜地聽著。

卡頓一頓，一幅好輕鬆的神情。「所以，想想看！那微不足道的獨立聲音，又算得了什呢！」

離開了魁北克，輾轉看望老大後，回菲途中，我在機艙裏閱報，看到兩、三條這樣新聞——

其一，著名經濟學家，《中國的陷阱》一書作者何清漣潛逃美國。

其二，在中國東北萬家勞教所，數十名女性法輪功修煉者被折磨致死。

其三，已是家常便飯的新聞了。八大陸客持贗造護照，企圖非法過境菲國往美被捕遣回廈門。

我掩上報紙，無聲地歎了一口氣。

二〇〇一・八月

先行懺悔

浩浩蕩蕩的示威遊行隊伍漸行地朝唐人區移進，緋紅的標語布旗密密麻麻地在半空搖曳，陽光閃爍下，形成一片火海，口號聲就在火海裏隨浪似的一波起一波落。秋聲夾在隊伍裏，一面高高地擺動著布旗，一面跟隨大家喊口號，他情緒是那樣高昂、激動，儘管在熱陽底下，他滿額已汗流如注，背脊也全濕透了，他卻絲毫都不介意；尤當隊伍一跨入唐人區，他情緒更加顯得亢揚不已，布旗不覺撐得更高，搖得更勤，口號聲也喊得更響，近乎有些歇斯德里了。

「反對文化台獨——」

「絕對——反對文化台獨！」

「打倒台獨！」

「……」

唐人區圍觀人群人山人海，這令秋聲有點感覺意外，心頭陡地起了一股衝動，他希望每一位圍觀者皆能聽到他這反對文化台獨心聲，也好一起齊來聯手示威。於是，他不僅頻仍地喊個不停，更是聲嘶力竭幾乎要喊破了嗓子。

穿越圍觀人群，隊伍一直朝前遊行過去；不久，亦穿越過一間華校，秋聲無意掉頭過去，但見華校大門頂上，高高地懸掛著一塊橫匾，雖說額邊都已斑剝破損，但上面書寫的四大「禮、義、廉、恥」字體依然清晰可見。

秋聲情不自禁地怔了一下，好似有什麼思維突然擊進他的腦海。

他不再搖旗了，也不再喊口號了，激情一下子消失殆盡，木然般的只跟著隊伍一步步前進。回憶將他導向另個世界裏……

那是文革年代，做為紅衛兵頭頭的他，在北京被安排見過毛澤東後，便帶領小紅衛兵團南下；不日，路經一小村，由於天已向晚，需覓一歇腳處夜宿，卻找到一間破舊小村校。他便領頭敲門去，敲了兩、三下，見沒有回應，無奈之下，隨便抬頭瞧一瞧那焦黑大扇門面，不覺楞住了，門頂上橫掛著的四字好大的楷書「禮義廉恥」馬上映入他的眼簾。神經中樞一緊，怒火即刻從他頭頂冒起，這已是什麼時代了？在毛主席「破舊立新」的指示下，竟敢還有人在村裏教導封建腐朽的資本階級勞什子，簡直是膽大包天。他逐令手下把四隻字打掉砸碎，然後破門而入。

他一面帶領手下衝入校內，一面高喊著：「誰在這裏，快滾出來！」

但見淒淒涼涼的小校舍右邊盡頭，走出一位耄齡者，步履蹣跚地來到他跟前。

「嗯！你是這裏的什麼人？」他毫不客氣地問。

「我是這裏的主人。」耄齡者聲音細弱地說。

「這學校是你辦的？」

「是的。」

「那麼你為什麼教導那些腐敗的資本階級東西呢？」他指指門外頂上被他弄砸了的四字「禮義廉恥」。

「那是解放前就放在那裏的。」耄齡者陪笑地解釋說：「而文革一起，學校就停課關門了，我也就一時疏忽不去拿掉它。」

「我看你是心中還在懷念那反動的蔣幫走狗吧！」他嘴角輕輕撩起一個不信任的冷笑。忽然臉上一板，下令手下到樓房搜查去。

不多久，兩位小將手中捧了一大堆古書出來，內中有易經、四書五經、老子、孔子、墨子……不一而足。他查看一番後，指著書堆，狠狠地問道：

「現在好了！我問你，你收藏這些害人不淺的資產階級毒草是什麼意思？」

「這……這些古書那裏是什麼毒草？」耄齡者感覺委屈。

「還敢硬嘴，毛主席的『批林批孔』指示，難道這些古書不是毒草，是什麼？」

「我就看不出，這些古書跟無產階級有什麼關係。」耄齡者還是不服喃喃道。

他吼起來。「我看，你是活得不耐煩了，竟敢反抗毛主席的指示。」說罷，便大聲發號施令說：「同志們！將這些毒草通通燒掉，再狠狠地教訓這老頭子一頓。」

耄齡者被打得在地上呼天搶地，滾來滾去，老伴只得抱著病強行下樓跪地求饒，可是，秋聲一顆心卻一動也不動，因為毛主席教導他們說：「革命不是請人吃飯，革命是要置人於死地」，直打得耄齡者已沒有了氣息，才踏著暮色，一窩蜂而去。

……

突然，有生以來第一次，秋聲的良心好像從塵封裏醒覺過來。他彷彿瞧見校門頂上那四字「禮義廉恥」變成了四張肥大的笑臉一齊朝他眼前挨近來，訕笑地對他說：

「喂！你這虛偽的文化破壞者，你破壞文化在先，卻有什麼資格指摘人家搞什麼文化呢？你可曉得嗎？破壞文化，才是天下最最大逆不道、罪不容誅的。……你今天之所以還能安然無恙未遭遇報應，是因為儒家思想對你的寬恕，你應該反省反省一下才是。……你現在最需要做的事，是先行懺悔去，別再虛偽，也別再只知指斥人家，快快寫個『十萬言』懺悔書，以謝國人！……」

秋聲但覺羞愧萬分，幾乎無地自容，不知不覺便逐漸地脫離了隊伍。

當他跟旁觀的人群站在一起時，一位記者忽趨前問他道：

「我看見當你步入唐人區時那激怒高昂的反對文化台獨神情，讓人一看就知道你是一位非常熱愛中華文化的人，那麼，你能講講你是如何地熱愛中華文化嗎？」

「我……」

二〇〇一年・九月

懲罰下的光榮

一天中午，因有事到百閣去，在虎脫大道菲總醫院拐角處下車後，便大踏步越過大道去，來到街中小島，剛佇一佇足，一位警察便走過來，禮貌地對我說：

「先生！你違規跨越馬路！」

「哦！」我不覺怔了一怔。

「你應該從右邊過馬路。」警察指著右邊的斑馬線讓我瞧一瞧。

我這時候才注意到，我不僅前後左右沒有一位過馬路者，小島中還豎立一塊箭牌，箭頭朝右寫著「從右邊過馬路」。而我當時一時太匆忙，完全沒有注意到這點；且兩星期前我還曾到過這裏一趟，尚沒有這規定呢！於是，我便問：

「是新規定嗎？」

「是的。」

「什麼時候開始？」

「前星期。」

「那麼很對不起，我就掉回頭從右邊過馬路。」我滑頭想乘機溜之不吉。

「不必了，你已違規，須受懲罰。」警察比我還快將我攔阻。

「罰些什麼？」我溜不了，心頭有點著慌。

「你就在這島中站兩小時，以吸取教訓。」警察一本執行任務地說。

「什麼？」我急了。「我還有重要事要辦，況且兩星期前我也來過這裏一趟，還沒有這規則呢！我不是有意的，實在沒有注意到這規則。警察先生！你就原諒我這一次吧！」

也許，我的急相真如隻喪家之犬，可憐得教警察不覺動了惻隱之心，便關心地問：「你真地有重要事待辦？」

「是的！」我一臉誠然。

警察躊躇一下，便網開一面說：「好！念你初犯，不罰你站在島中兩小時，但這是法規，總也不能不罰。」

我聽了第一句，心中遂即一陣喜悅，然接下第二句，我一顆心又懸在半空中。

但見警察正在思索什麼，陡地他兩眼便直直盯著我，不苟言笑說：

「就罰你唱國歌！」

「唱國歌？」

「是的，唱『LUPANG HINIRANG』國歌。」（菲律賓國歌）

哈！我胸懷馬上寬朗開來。這麼一首從小學唱到中學，又從中學唱到大學，且在任何場合都須唱一唱的國歌，三、四十年來，已唱得滾瓜爛熟，不說閉上雙眼，就是在夢中也能唱得一字不差，的確是太容易不過了。我喜出望外就開口清唱起來。

「且慢！」警察糾正我道：「唱國歌應該要嚴肅，立正地唱，並且要大聲。」

我發覺我太隨便了。便整一整衣服，立正雙腳，仰起頭，引吭高歌。

「BAYANG MAGILIW……」

我愈唱愈越激昂，聲音便愈越高揚，直至將整首國歌唱完。

一唱完，便緊接著聽到一連串拍掌叫好聲。我不覺楞一楞，但見路旁不知何時已圍了不少「聽眾」，都帶著驚奇的神情，在聽我唱國歌。

「唱得好！」警察微笑向我豎起大拇指。然後問：「你是中國人？」

「只能說是華裔。」

「很難得，你能將菲國歌唱得這樣好。」

「當然！唱好菲國歌本是我的責任！」我一面驕傲地說，一面感激警察藉懲罰給予我表現做為一位菲公民的機會。

二〇〇一年・十二月

化外之民

小詹跟好友小林、小胡各攜眷相偕到海灘渡假去。海灘上，碧空晴朗，陽光和煦。孩子們興高采烈戲水去，太太們卻忙著在草亭裏架起烤箱，好烤肉烤雞。小詹跟好友三人也換上泳褲，半躺在沙灘上的躺椅。在海風柔和吹拂下，終日忙忙碌碌在商場上，難得能偷得半日閒。三人便都放鬆了肌體，閉目養神地享受著日光浴。

小詹蠕動一下微微張開眼，但見一位金髮碧眼的少女穿三點式泳裝從沙灘上走過去。

「很不像樣！」小詹不覺皺眉，自言自語道。

「誰不像樣？」小胡睜開眼問。

「那個洋妞。」小詹嘟嘟嘴指著海邊。

小胡稍仰身朝海邊瞧一瞧。「她們本就是喜歡這樣子。」

「我很不明白，她們為什麼無論在任何場合，總是喜愛裸胸露體的。」詹不以為然說。

「道理很簡單，因為他們沒有什麼文化。」小林忽地插進口來，原來他也看到那位洋妞。「想想看，那些生活在深山的土著，不都只在下身圍了一條布巾而已。」

「說得也是。」小詹沒有異議地點點頭。有些自負再說：「世界上畢竟有幾個民族能如吾中華民族有著如此豐碩的五千年文化呢！」

「要不然，吾祖先也不會稱他們為化外之民！」小林也附和著。

三人好似都不約而同自滿於是優秀民族的後裔，便又躺下來，閉起眼睛繼續養神。

隔一會兒，小詹又再微微睜開眼。這一次他瞧見的鏡頭，令他眉頭蹙得更緊，不自主馬上坐起身喊叫起來。

「成什麼體統！」

「什麼事？」小林、小胡同時都被喊叫聲驚跳起來。

「你們瞧一瞧！」小詹直指海面。

原來那位洋妞正跟一位青俊的同類者，半身浮在海面上，摟抱得貼貼地在熱吻。

「絲毫不懂得害羞。」小詹再重重加上一句。

「哦！若懂得害羞，那還會叫做化外之民？」小林提醒說。

「真不知這些化外之民要到什麼時候才懂得禮節！」小詹感慨地嘆一口氣。

「哈哈！」小胡冷笑一聲：「他們除了會傷風敗俗，你希望他們還有藥救嗎？」

「是的！」小林點點頭。「化外之民永遠就是化外之民！」

三人又一次不約而同自滿於民族優越感。

而正要再趟下養神，卻聽到各自的太太呼喊吃飯。

用畢中飯，孩子們繼續戲水去，太太們因為清閒了，便聚在一起話女人經，三位先生又繼續養神去。

不知過了多久，天邊忽然陰雲密佈，大地刮起大風，一股海浪從遠處急捲而來。

三位先生只聽到各自太太喊著：「孩子們，急浪來了，快上岸呀！」

三位先生同時睜開眼，也同時坐起身。孩子們個個拚命朝沙灘上奔跑。

急浪從高處撲打下來，說時遲，那時快，但見一位跑在最後的孩子被捲進了海裏去。

詹太太尖聲地叫起來，小詹也驚恐萬分地呆住了——

「小詹！快救小兒去！快救小兒去！」詹太太一面跑過來，一面歇斯底里地喊。

小詹轉過神來，渾身不禁地發抖。「我……我不懂得游泳——」

詹太太情緒失控了，嚎啕地跑到小林身邊，拉拉小林手臂。「小林！救救我的兒子！救救我的兒子呀！」然後又跑到小胡身後，同樣拉拉小胡手臂。「小胡！救救我兒子！救救我的兒子……」

好奇的遊客開始圍攏過來。

「快叫救生員去！」小林喊。

「救生員在那裏？怎樣連個救生員都沒有看到！」小胡伸長脖子東張西望著。

「真是的！發生這樣危急的事，救生員卻死到那裏去！」小林埋怨說。

「想不到，一個旅遊勝地設備如此差勁。」小胡搖搖頭批評道。

「我想，」小林提議說：「還是僱個土著，付點錢，叫他救人去。」

「那麼！就趕快僱去吧！」小詹已嚇得六神無主。

但是，就在這時候，卻見那對化外男女跑過來，用英語問詹太太說：

「發生了什麼事？」

「我的小兒被海浪捲進海裏去了！」詹太太哭喪著臉說。

兩位化外男女互望了一眼，二話不說，便轉過身攜手跑過沙灘，跳進海裏去。

幾乎並不經過太多的時間，化外男女浮出了海面，男者雙手抱了一個小孩，兩人迅速跨過海面跑上沙灘。

小孩渾身軟綿綿，幾乎已沒有了氣息，詹太太哭得呼天搶地。

化外男人將小孩放在臥舖上，化外女人便為小孩做起人工呼吸來。

不久，小孩幽幽轉醒過來；緊接著，便吐出一口液水來。

「好了！平安了！」化外女子站起身，對詹太太說：「但最好能送到醫院去檢查一下。」

詹太太喜出望外地千感激萬感激化外男女。

「別客氣！」化外女子欣慰含笑說：「孩子能平安就是我們的最大快樂。」

望著化外男女擁抱遠去，再瞧著那化外女子三點式泳裝的背後。小詹、小林及小胡再一次不約而同的——無言地相視著。

二〇〇二・三月

方枘圓鑿

青鋒今歲二十六，兩年前，隨父母從大陸移民來菲。

在一個偶然場合，青鋒經朋友介紹，認識了一位華裔林小姐。那清秀脫俗的眉目，端莊優雅的盈態，及那大方的卓越風姿，深深地將青鋒吸引住。在往後的日子裏，無論是夜間，是日間，他的腦海無時無刻地出現她的倩影，要擺脫都擺脫不掉。他失魂落魄似的，幾乎不能自己。

一日，再也無法按捺得住情感的驅使，青鋒便自告奮勇找林小姐去。來到林小姐家門口，青鋒一顆心不受控制地卜卜亂跳，手心也都發冷；幸得，按門鈴後，出來開門的剛好是林小姐。

「對不起，打擾了妳。因為有事我到這附近找位朋友，想著前次跟妳見了面後，不再聯絡，就順道前來府上問候。」青鋒為避免給人家感覺唐突，就轉彎抹角編了一套謊話。

「辛苦你了！裏面坐！裏面坐！」林小姐不避嫌請青鋒進屋歇腳飲茶。

坐下喝口茶，青鋒問：

「林小姐平日喜歡什麼？」

「看書、旅行。」林小姐沒有忌諱地說。

「那麼常常看什麼書？」

「通常是雜誌、小說。不過，有時可讀性高的書也看看。」

青鋒突然心血來潮又問：「有否看過『毛澤東語錄』？」

林小姐怔一怔：「為什麼要看這種書？」

「為什麼不看？」青鋒反問：「毛澤東是當世一代偉人，他的語錄都是醍醐灌頂的智慧。」

「是嗎？」林小姐不解：「他不是一位獨裁者嗎？」

「他是位獨裁者，但是位仁慈的獨裁者。他為救中國，為改善老百姓生活，使老百姓有美好愉快的明天，他不得不獨裁！」

「是這麼樣子！」林小姐眼神充滿迷惑。不覺喃喃道：「我想像不出獨裁者會是仁慈的，也想像不出在獨裁者統治下，人民會有美好愉快的明天！」

「終有一天妳會明白的。」青鋒自負說。

「是嗎？」林小姐頭抬得高高地望著天花板，她覺得她永遠無法理解這些話。

「其實，」青鋒又說：「霸道才是真正可惡的。」

「這又怎樣說？」林小姐皺一皺眉。

「不是嗎？瞧瞧美國不是霸道得令人可恨嗎？」

「美國霸道？」林小姐更是掉入那又深又濃的五里霧中了。「我去過美國，看到美國人民不僅豐衣足食，生活更是自由自在，多彩多姿。」

「但是他們政府卻派兵到海外亂殺人！」

「有這麼回事嗎？」林小姐打起譬喻說：「他們派兵來菲律賓，是因為菲政府打不過亞武獅葉恐怖份子。前些時，他們還為了幫助菲國打亞武獅葉，一架直升機遭遇意外，死了十多人呢！」

「這只是演戲讓世人瞧瞧而已！」

「真是這樣子嗎？」林小姐有些不願再說下去。「總之，我無法想像美國是如何霸道可恨！」

「終有一天妳會明白的！」青鋒依然以自負做為結論。

不久，青鋒寫了一封求婚信給林小姐，信尾，他這樣寫著：

「我現在整個心都已被妳所佔有，幾乎是不能自拔了。站在同是炎黃子孫上，冀盼妳不會令我失望，就等著妳的好消息。」

再不久，青鋒接到了林小姐的回信。在打開信封時，他雙手不禁地發抖，一顆心猛烈地跳動著。然後他看到信裏是這樣寫著：

「對不起！沒有馬上覆你的信，因為這兩天正忙著，我覺得在婚姻這樁事上，除了感情的投契，更需要理智的處理。不錯，我們同是炎黃子孫，但不幸的，卻生長在兩種截然不同的環境裏，承受完全互異的教育。我無法想像，如此殊異的人生理念結合在一起，將來會有幸福可言？因此，恕我率直地向你提議，最好你還是能覓個跟你理念較相近的姑娘做你終身伴侶；況且，我還要告訴你，我已考上了美國耶魯大學，前天我接到了入學通知書，下個月我將赴美就讀，或者少則四年我才會回來。恕我不能成全你的祈望……」

青鋒頹喪地放下信，癱坐在椅子裏，好久好久地，一動也不動。

二〇〇二・四月

丹佛小記

兩年前，小女在聖大畢業醫學系後，便申請到美國首都華盛頓醫院實習；行前，剛巧我也要到邁阿密去，於是我兩便同行，打算到達底特律後再分手。

可是，小女卻趁機更改行程說：

「爸！既然同行，那咱們還是改乘在舊金山下機，再順路同行到丹佛（DENVER）玩一玩，我從未到過丹佛。」

小女從未到過丹佛，我又何嘗去過？便一口答應下來。

行程決定後，就提前一星期離岷。在舊金山外甥女家住了兩晚，再轉機經鹽湖飛往丹佛。丹佛是科羅拉多州的都邑，高樓大道現代化建設，幾跟沿海齊步，這是美國建國成功之處，祇是人口比較少，沒有擠車情景，因而給人一種「環境清幽」的感覺；唯美中不足，地屬高原，空氣稀薄。我初抵達時，呼吸稍感有些不適。

我跟小女在機場花了差不多四十五分鐘向服務台小姐弄明了東西南北、及交通情況等等問題後，兩人便開始四天三晚的「征遊」。

仰首朝著那摩天鐘樓走去，絲毫不會迷失的就會找到了十六街購物中心，在那鱗次櫛比又寬敞又佈置得非常美觀的店鋪，我發現也有不少店主是東方人，但以韓人居多，台灣人次居；而BUFFALO牛排更是丹佛一絕，尤於OLD MINING TOWN烹飪最佳，我和小女便特地到那裏品嘗一番，的確又嫩又香，另有種風味，順便也參觀一下這有百年歷史的古鎮。當然，那著名之科羅拉多峽谷是非一遊不可；只是已出了丹佛城，就需跟飯店的觀光台接洽了。

這是一部中型的遊覽車，司機兼導遊，一面駕車，一面介紹每處的風光。那巨大滿是紋條的紅石，竟然還有一段典故；山麓小丘（FOOTHILL）斜坡上那一排排整齊的松柏，還是有計劃經過一番燒焦後重新栽種的。那時是五月間，天氣已是不冷不熱了，但小丘上還是白雪皚皚。我們一行將近二十人，除了我與小女是東方人，清一色都是白種人，有來自外國，也有來自東西兩岸。坐在我旁邊同一排的，是位斯文高大的中年男士。

坐在一起，免不了便要搭起腔來的。

他告訴我說，他是波蘭人；十多年前從波蘭移民來美國，現已入了美籍居住在紐約，他又告訴我說，他也是位醫生，故當他得悉小女要到華盛頓醫院實習，他便對小女顯得無比親切，一路上好似跟小女有著說不完的話。

中午，在一間小餐館用飯時，他也湊過來跟我兩坐在一起，不知他是心血來潮呢？還是關心？問小女道：

「你預備到華盛頓實習多久呢？」

「大概是兩年。」因為小女要報到後，才能確定。

「實習後有什麼計劃嗎？」他又問：「我的意思是說，要留下來呢？還是要回菲律賓去？」

「都還沒有計劃，因為一切才開始，待以後有頭緒了再決定。」小女答。

他陡地好像很感興趣的湊近小女，再瞧瞧我，嚥下所食的東西，提高聲音說：「妳可曉得我是為何想移民來美國的嗎？」

小女睜大眼睛望著他，我也盯著他，咱兩雖都不開口，但「為什麼？」卻寫在臉上。

「那是一次我參加在美國舉行的醫學會議。」他滔滔不絕地講：「在會上，我發表一篇有關愛滋病的醫學論文，那是我對愛滋病研究的成果，想不到竟然得到與會人士的重視，紛紛都表示對我的肯定，令我很感動。不由使我感覺，在一個多元文化社會的國度裏，只要一個人肯努力，不管他的背景是來自社會底層，或少數族群，他的成就都同樣會被人所尊重，而會活得好有尊嚴。……」

我及小女全神貫注地諦聽著。

他呷一口「可口可樂」，神色忽深沉再說：

「後來我更覺得一個人的尊嚴是高於一切的，這就是我移民來美國後，進一步地入了美國籍。……」

他的話，在整個下午遊覽中，一直縈迴在我腦際。

到黃昏回飯店將分手，他特地將他在紐約的地址寫在一張紙上，交給小女：再三叮嚀小女到華盛頓後要跟他通訊。

假使丹佛四天三夜之遊有什麼遺憾的話，那就是未能登上落磯山脈玩一玩。因為那時山上的雪正在大溶化，為保安全，觀光局便把道路封鎖起來，不允任何人進山。我跟小女只好抱著下次再來的心願。

望著小女背著行囊輕鬆自如走入機艙飛往華盛頓，我發覺她穩重又成熟了。打從她八歲那年，我第一次帶她到美國，數十年來，她幾乎每年暑假都要到美國玩玩；到了十八歲，她已東西兩岸自個兒闖了。她自信她那流利的英語，美國的生活是難不倒她的。

來到邁阿密，一日下午我正在店中點清貨物，偶一掉頭，見兩位著喇嘛衣服的藏人在挑物購貨。我不知何故，忽然有股好奇，湊過去，向他兩打招呼後，問：

「來自西藏？」

「不！來自印度。」其中一位身材壯健的嚴肅地搖搖頭。

「來遊玩？」我再問。

「不！來讀書。」

「藏人也是中國人吧！」我想「海外見同胞」。

「不！藏人不是中國人！」那身材壯健的藏人臉上更加嚴肅。

我眉頭一蹙，也不示弱：「但西藏是中國的土地。」

「是被中國人佔領。」他忿忿白我一眼。

「其實，」另一位藏人開口清晰地說：「不管藏人是否中國人？也不管西藏是否中國土地？今日咱們西藏人所主要追求的是人的尊嚴！」

二〇〇二・十月

時逝已矣

他去國二十載，直至最近方第一次回來。由於二十載非一短暫時日，他便急以想瞧瞧他生長地起了多少變化；於是，他蹀躞華人區王彬街，東張西望，雖然，他瞧到不少高樓大廈平地矗立而起，然大體來說，紊亂、齷齪依然還是華人區的特徵；可是，很奇怪的，他不但沒有絲毫嫌惡，反而有股親切感，且還帶有淡淡的溫馨。這也許跟他的生長背景有關吧！是的，在這紊亂、齷齪背後，他是曾經深深地感受到人性光輝的一面的。

猶記得在那風雨飄盪的二十世紀六、七十年代，排華浪潮如洪水猛獸般襲擊華社，「華僑滾出菲律賓」的呼叫，隨處可聞；雖然，那時他年紀還小，卻已能體會到華社處境的悲哀與恐懼。華社自來就如同一個被父母拋棄的孤兒。孤苦無助、自生自滅是他們的命運；然而，就是令他至今還感覺無限歎服的，先輩們卻以那潛在的無比能耐，用『做人的道德』來應變化解了這一危機。

他走到十字街，臉朝右邊望一望，忽然有所驚覺似的，一座高聳入雲的鋼筋水泥大樓出現在他眼前，他不覺皺一皺眉，思維在攥捕什麼的，他想起了這裏從前是一排住有十餘戶人家的古老上下樓木屋，王伯伯就住在這裏。王伯伯——回憶之門敞開了——一位父親的老朋友，他是常常跟王伯伯的兒子們玩在一起。王伯伯早年是在公共菜市裏經營雜貨。公共菜市菲化案後，他便轉而開店舖做米黍業；豈料，米黍也菲化了。他深深地記得，米黍菲化案成案後，父親帶著他拜訪王伯伯去，王伯伯在父親問候下，平靜地說：「尚有兩年緩衝期，只要做人安份守己，相信上天是不會絕人之路的。」父親聽了感歎說：「除了望天保佑，我們華僑又能盼望誰給予我們保護呢？」而怎麼樣都想不到，兩年緩衝期期間，菲國卻發生了糧荒。在那對華僑儘情排斥的年代，便嫁禍是華商囤積所致；於是執法人員到處捕人，王伯伯也難逃被捕的命運，投獄兩個月，直至菲國開明之士呼籲執法人員應弄清米荒的原因，不要隨便捉人，王伯伯才獲得釋放。

他一面走一面回憶著，不知不覺又跨過一段街，來到另一十字路口，他下意識的佇一佇腳，但見右邊拐角有間菜仔店，不知何故，他這時忽有點喜出望外，好似在新時代裏發現「古董」，這個古老行當，當年幾乎是華僑的代名詞，僻街小巷，華僑以經營菜仔店為主。他小時住家不遠處就有爿菜仔店，他每日都要到那裏光顧，不是買糖果吃，就是買瓶汽水喝，店主李伯伯是位和祥的老人，在他印象裏，李伯伯好像是永沒有休息的人似的，站在櫃台後每日從早忙到晚。一分一圓地買賣著。可是，在那年代，華僑就是那樣悲哀，歧視及偏見，令華僑幾乎沒有寧日可過，連那微乎其微小利的菜仔店，李伯伯不時也要遭遇惡棍的予取予求。就有一晚，他買瓶汽水去，卻遇到一個惡棍，喝得醉醺醺的向李伯伯要討包香煙，李伯伯拒絕說：「昨天才給了你，今天不能再給。」想不到，惡棍一聽，馬上發起性來捏起拳頭重重在櫃台上的玻璃面打下去，玻璃打破了，他也受傷了，便怪起是李伯伯傷了他。不問三七二十一，就拎起旁邊一塊椅子朝李伯伯臉上摔過去，不偏不倚，椅角對準李伯伯額頭敲下去，惡棍雖及時被趕到的警察制住，李伯伯額上已血流如注，在被家人送往醫院急治，縫了七針，從此留下了一道長長的疤痕。

但是，無論是王伯伯也好、李伯伯也好，在那備嘗「欺侮」的歲月，他們不約而同都有著一個共同的信念：忍辱求生。只要不作傷天害理的事，奉公守法，勤勞節儉，終有善報的一日。端的，多年過去了，王伯伯的兒女學有所成，一位是留美醫學博士，一位是律師；李伯伯呢？一位是企業家，一位是建築工程師。他們儘情發揮他們的才華，幫助菲律賓建設，跟菲社會打成一片，爭取菲人的諒解。於是，排華之聲漸漸息了，菲人對華僑由歧視偏見而諒解而尊重，還因華僑的奮鬥成就而欽服。就如他當時的好多菲律賓朋友這樣對他說：「你們華僑是憑什麼在社會立足成功的呢？你們的傳統文化價值。」最後，甚還打開入籍之門，讓華僑紛紛融入菲社會裏去，做起有尊嚴的菲公民來。

他已走到華人區尾段了，突然，一陣夾雜著警笛聲、槍聲的喧嘩聲把他從回憶裏喚醒過來，他還來不及掉頭瞧瞧是發生了什麼事，耳畔卻響起喊叫聲：「快！快！毒販！華人毒販！將那幾位華人毒販捉住！」然後，他看到三輛警車截住了一輛豐田轎車的去路，人群便一窩蜂圍過去。他耳邊又響起了聲音，是兩位菲人在他背後對話地說：

「又是華人毒販！」

「那有什麼稀奇。」

「不是說華人是奉公守法的嗎？」

「那是從前。」

「為什麼？」

「因為五十多年來，他們的國家領導人為了完成無產階級革命，而不再相信自己的固有傳統文化價值後，民族道德就從此墮落不振了！」

他不覺一震，腦筋裏掠過一個意識，怎麼樣？華社變了嗎？今日華社已不再是他幼時生活著的講勤儉、講守法的華社了嗎？時逝已矣！他忽然感覺好生悲哀，既不敢轉頭去瞧瞧背後那兩位對話的菲人，而如逃避瘟疫似的大踏步跑出華人區去。

二〇〇二·十一月

老人與小狗

當日曆上的十二月出現在扶西．馬希溜面前，他情緒上不覺激動了一下，因為十二月一到，便意味著聖誕節已臨。聖誕節是一個多麼重大的日子；而今年聖誕節，對扶西．馬希溜來說，更是另具一番意義。

事實上，打從十月間扶西．馬希溜接到兒子從岷市寄來的信，告訴他說聖誕節他將回來過節，他就急不及待地算起日子來，望穿秋水盼著十二月快快到來，恨不得能馬上跟兒子見面。

這也難怪，屈指一算，少說他已整整有八個年頭不跟兒子見面了！

八個年頭的歲月不能算短，他不能確定現在兒子是長得怎麼樣了？雖然兒子有寄來過照片，照片裏的兒子是長得又高又成熟；但照片總歸照片，沒有真實感，他要親手摸摸兒子那濃黑的長髮，成熟的臉龐，及那高大碩壯的體格。

他每次瞧到兒子的照片，總會感覺內疚。想著當年兒子跟他在一起時，身體是既瘦小又羸弱，為此，當兒子向他提議要到岷市上大學，他便顧慮地說：

「你身體經得起都市的生活嗎？」

「我雖然身體瘦弱點些，但精神飽和得很。」

「可是都市生活是跟鄉下完全不同的。」

「爸爸！你放心！我年紀已大，懂得照顧自己。」

兒子的堅持，著實他也不忍拂逆。好多次，在兒子長大懂事後，每有什麼事向他要求被拒，兒子就會默默站在老妻的遺照面前，暗暗流淚。兒子在誕生後不久，便不知「母愛」為何物。他一身兼兩職，儘量平衡兒子的心理，辛苦撫養至大。

黃昏了，扶西・馬希溜開始坐到門口去，直望那通向大道的小徑，等著兒子的回來。在他們鄉下，有這樣傳說：親人出遠門去，要在黃昏回來，將會帶來吉祥；於是，扶西・馬希溜也相信，他的兒子是會在黃昏回來的。

這時，一望無垠的阡陌田間靜寂了，經過一天的耕事，莊夫都紛紛回家休息，倦鳥也成群掠過天邊歸巢了；而在夕陽餘暉下，驟地從雲瑞飄下來的晚風，吹在人們身上，卻帶有著了淡淡的寒意。扶西・馬希溜目不轉睛地望著小徑，是那麼專注，偶而掉過頭來，也只是瞧瞧匍伏在其腳下的那隻小狗，然後就順手摸一摸小狗的背脊。他不知這是否湊巧，兒子走後，就來了這隻小狗跟他作伴。

那也是一個黃昏，他到附近處一小市場買東西，回來經過一條小溪，忽聽到溪邊不遠處有著淒切的狗吠聲，他覺得聲音有些異樣，便順聲音走過去。但見一隻小狗掉進溪裏，一雙前腿的指爪正拼命地抓住溪水面凸出的一塊大石，以免身體被溪水沖走。他念頭一轉，覺得這也是一條生命，便馬上跳下溪去，把小狗抱起來，再小心翼翼地放在草地上，讓小狗喘著氣，才轉身回家去。

到了家，他也就將這小事忘掉了。

隔不幾天，他在一個晨早開門要到田地工作去，卻瞧見一隻小狗蹲在門口，一見到他，小狗便站起身向他搖著尾巴。他素來對狗就沒有什麼興趣，也不想養狗，便要將眼前這小狗驅走，但是這小狗怎麼都不想離開他，還不斷向他表示親善，他不禁感覺詫異，下意識地對小狗多瞧一眼，才發覺原來是那隻前幾天被他救起的小狗。

從此以後，這隻小狗便跟著扶西・馬希溜形影不離；扶西・馬希溜便常常在想；小狗是知道他孤單一人，為了報答救命之恩，而來跟他作伴嗎？他開始跟小狗講話，雖然小狗不能回答，卻有表情。最後扶西・馬希溜也發覺自有了這隻小狗跟他作伴後，生活已不再那麼孤寂。

聖誕節是一天天地近了，天氣也一天天地冰冷，唯還不見兒子回來。「也許，他會揀在聖誕節那一天回來，好讓我來個驚喜。」扶西・馬希溜這樣想著，心裏也就自我的會心一笑。

可是，想歸想，當只剩兩天是聖誕節，再剩下一天時，他心頭卻情不自主焦急起來，好似有預感一般，唯恐兒子變了主意不回來了！

於是，聖誕節來臨了，依然還不見兒子的影子。「沒有關係，這才早上，他會在黃昏帶著吉利回家來。」他一早就坐到門口去，望著天空，帶著一絲希望地想。

最後，黃昏也來臨了，還是沒有兒子的影子，他開始失望了！然陡地，他看見了小徑盡頭處有個人影在蠕動，他整個心便猛地跳動起來，他是那樣喜出望外。「兒子終於回來了，他是那樣懂事，懂得在黃昏裏回來。」

他想著便站身起，準備迎接著。人影朝小徑一直走來，愈走愈近他了，終於站立在他面前。

不是他的兒子，是一位郵差。

「你兒子的來信。」扶西・馬希溜從郵差手中接過信。

打開信，但見兒子在信簡單地說：「爸爸！很對不起！我本是打算聖誕節回家的，卻被女朋友拉著不放，只好改在明年才回家了……」信紙從扶西・馬希溜手中掉下地上，他但感好失望好失望，退回椅子裏，他忽然覺得他老多了，不再是六十多歲的人，而是個八十多歲的人似的。

他偶而悲傷地掉下頭來時，卻發現小狗也很懂事似地哀憫地望著他；他突然所有感觸，記起那老遠老遠中學時代的一樁事。一次，幾位同學聚首一起，有位同學問：

「依你們看，人類真地是萬物之靈嗎？」

夜色漸漸地從天邊籠蓋過來！

二〇〇二・十二月

皮蛋的故事

那一年，小女誕生後，家庭平順，事業有成，我便雄心勃勃計劃到海外一展抱負；由於當年我曾到過美國讀書，便以美國為首選的投資地方。

不知是機遇與否？當我從美國西岸一路來到東岸紐約，造訪老同學小邱，向他說明我計劃在美國投資做生意，他遂不假思索對我道：「到佛州邁阿密城投資東方食品市場去。——捷足先登，搶頭賺錢。」小邱是我就讀菲大時的同學，咱兩相偕到美國留學；只是，我在完成學業後回菲，他卻留下來，在美國成家立業。

聽從小邱的話，我便南下邁阿密。

所謂東方食品市場，顧名思義，就是以出售東方食品為主，顧客自然便以東方人為對象。我來到邁阿密後，便開始對居住在這裏的亞洲人口作了一次調查，發現當時的華人，統計唯有三千多人，這還必須包括來自南美洲移民的「老華僑」，倒是泰裔與菲裔較可觀；而東方食品市場亦已有好幾家了，唯都屬家庭式的小型生意。

一開始，我注意的是菲人的生意，菲人在邁阿密可觀的原因，那是因為邁阿密是美國老人養老的最理想去處。大西洋風光明媚，氣候又溫和宜人，所以菲人大部份都是當護士而來。我想到我是生長在菲律賓，佔天時地利。儘可抓住菲人的心理，朝菲貨發展；想不到，我這一步棋，不僅見效地吸引了好多菲顧客，更連帶還兜來了不少古巴客，原因是古巴及菲律賓在歷史上都接受過西班牙統治，世襲皆受影響，因此生活上相似之處頗多。直至九十年代，台、港及大陸不斷移民過來，短短數年間，華人人口便直線上升至兩萬多人強，華貨便成熱門貨，我的食品市場便更加大有可為，的確應了小邱所言：「捷足先登，搶頭賺錢。」

是一個星期一下午，生意淡，我無所事事偶而走到櫃台前，雙手交叉站立朝外望，這時，從大門進來一位婦人，右手拎著一小紙袋，逕直走到櫃台，用充滿中國腔的生硬英語，艱澀地對櫃台小姐說：

「我昨天買了三顆皮蛋，回家打開來，即有兩顆爛了！」說罷，便從紙袋掏出那兩顆爛皮蛋來。

我僱用的四、五位櫃台小姐，都是在美國土生土長的僑生子。美國華人社會是以廣東人為主，所以她們除了能講廣東話，英語已是她們日常話語。對顧客，她們幾乎清一色都用英語交談。

「很抱歉！咱們換給妳。」櫃台小姐歉意地說。

我在旁邊斜眼瞧瞧這位婦人，她約略有四十左右歲，一臉摺皺風霜，肌膚乾癟，想必是位剛從中國大陸移民來美的新僑；而她那生硬英語的中國腔，也分明她是不懂得說廣東話。櫃台小姐換回來兩顆皮蛋給她後，她接過後又對櫃台小姐說：

「這兩顆皮蛋不會再是爛的了吧！」

櫃台小姐一時不敢保證地本能向我瞟了一眼，我便湊過去，想讓她方便起見，我便用國語和氣對她說：

「皮蛋爛總是爛在內部，外表瞧不出；要是再爛的話，妳隨時隨地可以再拿來換。」

她眼睛忽然一亮，或許是聽到「同一文化」語言，她可有話說了：

「哦！你倒說得好輕鬆，你可曉得我住在那裏嗎？為換兩顆皮蛋，我要開老遠的車，既耗時間，又費汽油，多麼划不來！」

「很對不起！」我唯有本著「顧客第一」向她道歉。「令妳這樣不方便！」

但她卻一點也不領情，用眼角冷冷白了我一眼，臉色一沉說：「我看！你是有意賣爛貨的。」

我驚愕地楞一楞，覺得她怎麼會如此口沒遮攔，將話說重了，便忍著苦笑說：

「婦人！開玩笑吧！」

「誰跟你開玩笑。」她顯得更嚴厲。「想想看，三顆皮蛋就有兩顆爛了的，這是什麼意思。」

我依然笑臉迎著她說：「婦人！問題不在我，妳也曉得的，這些皮蛋都是來自中國大陸；假使我不看錯的話，妳應該也是來自那個地方。那個地方所產生的皮蛋是否較容易腐爛，相信妳是會較我清楚。」

「我不管這一套。」她潑辣地尖起嗓子，揮一揮手說：「總之，你賣給我爛皮蛋，就是你的不是。」

我輕喟一聲，但覺她有些不可理喻，便不再理睬她。

她將兩顆皮蛋放進紙袋，一面走出大門，一面忿怒又拋下話說：「我不是那麼容易受欺侮的，你走著看吧！」

✣ ✣ ✣

一星期後，她由朋友陪伴，果然帶來了一位衛生局的檢查員到我的市場要檢查皮蛋。

經過一番檢查與詢問，當檢查員弄明白皮蛋腐爛的來龍去脈後，便在一張單上簽了字，說責任不在我。

她瞧見了不服地對檢查員說：「為什麼說責任不在他？」

「因為皮蛋爛是爛在裏頭。」檢查員一本工作精神地說：「所以我們唯有追究根源，看看中國大陸的保質工作是否作不夠。」

她聽了有點老羞成怒，透過朋友向檢查員提議：「起碼也應該向他罰款。」

「我不能做主。」檢查員不覺可笑地聳一聳肩。

「為什麼？」她依舊固執地問。

「因為在法律上，他沒有犯法。」

「然你有權利。」

檢查員怔了一怔，搖搖頭。「在美國，任何人都沒有權利定罪於人，除了法律。」

檢查員走了，她還呆住在那裏一動也不動。滿臉迷惑，弄不懂檢查員的話。

二〇〇三・正月

咖啡文化

朋友問我：

「你不能一天早上不喝咖啡嗎？」

提起養成我每天早上都要飲咖啡的嗜好，應該可以追溯我在美國佛州邁阿密創業時的那段日子。所謂「萬般起頭難」，做生意更猶如賭博，虧盈是未知數；因此，在我下定決心著手於邁阿密經營東方食品市場後，伊始我是兢兢業業既不敢冒昧馬上置產，亦不敢攜妻帶兒前來，只孤身隻影在一間三流旅館以月租方式住進一單人房，換洗衣服就拿到附近一家洗衣店洗去，三餐也在餐廳填肚子。

我不知別人如何，然對我來說，在美國，三餐最令我頭痛的是早餐。西方人的生活方式，早上不是冰牛奶，就是冰橘汁，對我這個「東方肚子」，早上即使飲口冰水，不即刻拉肚子才怪；雖然我早年曾到美國讀過書，卻從來不用早餐的，倒是到了後來成家了，承蒙內人的細心關照，才開始養成用早餐的習慣；而早上在美國的熱飲品，就唯有咖啡。

旅館不遠處有間古老的小咖啡室，其格式有些像菲國的菜仔店，一塊塊圓型凳子，U字型把買櫃團團圍住。食客坐上凳子，向櫃內喊杯咖啡，侍者就會在櫃裏將咖啡遞過來。我每天風雨無礙都要到那裏飲咖啡用早餐去。

漸漸地，我發現有一位高鼻碧眼，滿腮鬚髯的男子，也幾乎每天早上到那裏飲咖啡。

也許，天天相見，不知不覺便互相打起招呼來，就這樣遂逐漸有了交談。

一日，他問我道：

「日本人？」

「不是！菲籍華裔，——我來自菲律賓。」我說。

「來讀書或工作？」

「來投資做生意，」

「哦！難怪你如此喜歡喝咖啡，」他忽地好似發現了我什麼祕密，含笑用食指指著我說。

我愕了一愕，解釋道：「因為唯有咖啡是熱飲料。」

「但起碼你是喜歡喝咖啡，才會想來美國投資。」

我皺一皺眉，心裏咕嚕著：這是什麼話？

他好像意猶未盡，再道：「不是嗎？美國是一個咖啡文化國家。」

我苦笑了一下，皺一皺眉，索性直截了當說：「我聽不懂你的話是什麼意思。」

「噢！」他無謂地瞧了我一眼。「你不曉得嗎？當今之世，那些偉大的理念，如民主、自由、人權、法治，都是咱們祖先們在一起飲咖啡時，互相交談研究出來的；所以，那些偉大的理念，便統稱為咖啡文化……」

我不知道他這論調是從那裏來的，我可是第一次聽到。

他繼續說：「即使美國二十世紀大文豪海明威，他一生除酒以外，咖啡是他的第二嗜好，他那些不朽的作品也都是在咖啡杯裏完成的。他一生反戰，但最關懷的還是人性的尊嚴。」

我對海明威一生既一無所知，對其作品也僅一知半解，便唯有靜靜聽著他講。

他又說：「我年輕時，是住在西礁島（KEY WEST），所以跟海明威有過一面之緣。」他忽然話題一轉。「海明威在六十年代逝世後，他偌大的住宅便對外開放，成為西礁島一觀光名勝。有機會，你應該參觀去，不遠，從邁阿密出發，只需三小時車程。」

西礁島位於美國本土最南端，跟古巴遙遙相望，據說從西礁島乘電動小舟（MOTOR BOAT）過去，僅需半小時便可抵達古巴；而不久前，築成的跨海大橋，將一座座島嶼跟美國大陸接連起來，乘車已可直達西礁島，交通的確非常方便。

「那麼你今年幾歲？」聽著他年輕時跟海明威有過一面之緣，我不覺好奇他的歲數來。

「我已七十二！」他伸出右手手指在空中寫了個七十二。

我不禁怔了一怔，瞧瞧他那高大的體格，似乎還較我強健呢！

他呷下最後一口咖啡，站起身，輕輕拍拍我的肩頭，用充滿自信的口吻，親熱地，鄭重其事再對我說：

「儘管放心在美國投資做生意，在美國這個咖啡文化國度裏，你的生命財產是絕對會獲得到保障；而只要不違犯法律，也絕不會有什麼麻煩找上你，」然後，他的影子便消失在咖啡室門外。

兩年後，我事業已穩紮下來，便開始置產，妻兒就隨我一同來來回回。不知何故，當第一次我帶他們到邁阿密時，卻不忘帶他們到西礁島一遊，參觀海明威故居；也許，這都是受了他老人的慫恿，咖啡也從此成為我每日早餐不可或缺的飲料了。

✣ ✣ ✣

不久前，一次我路過岷市華人區，碰見久違的老朋友老陳，他一看見我，就把我拉進咖啡館，說有話要跟我說。

原來，他是滿腔的怨氣——

十多年前，祖籍國改革開放後，他便跟其兄弟「回去」置產；豈知，半年前兄弟得了癌症，彌留間，委託其將房地產賣了，好在身後妻兒有錢可用，他攜帶兄弟簽署的委託書到祖籍國駐菲最高機關辦理公證，礙於法律，委託人是必須要親身到那裏簽名的，可兄弟已臥病在床，動彈不得，他便跟那裏的工作人員商量，是否能派人到醫院公證，反正只有咫尺距離，然而那裏的工作人員不但不同意，態度還非常驕恣蠻橫，他忍著低聲下氣再三懇求，依然還是不得要領，只好將兄弟用擔架抬到那裏去，可時間因一延再延，兄弟已陷入昏迷狀態，不說人事不知，更何談簽名，便要求蓋手印，然對方卻猶如上帝下凡，斬釘截鐵道：「不可以，這是國家法律，」就這樣，兄弟去逝了，辦理公證簽名賣產一事，便懸掛在半空，迄至今天；而他卻飽嚐了官僚主義的苦頭！……

聽到老陳的訴苦，令我不覺想起前年，母親病危時，剛巧我在邁阿密要出售的一棟房子被一位新移民到美國的泰國人所看中，他跟其一家人急著要馬上搬進去，我又一時離不開菲律賓，於是，便打長途電話到邁阿密拜託一位美國律師，代我擬就一份委託書，寄來讓我簽名，我接到委託書後，既不需要到美國駐菲大使館辦理公證簽名，而僅僅找一位普通的律師，證明一下，蓋個章，便了事。既簡省又俐落地完成了房屋的交易。

跟老陳分手後，一路上，那位美國老人的「咖啡文化」論，及鄭重其事的話，不僅不斷地浮現在我腦際，我更慶幸我選擇對了投資的地方。

二〇〇三・正月

投資者

為了指望能夠力圖振興國家的頹廢經濟，安頓紐・申牙落被任命為投資署主任。申牙落才三十五、六歲，真所謂「英雄出少年」，不過，他的確也是位非常有為的青年，他那五官端正的俊美相貌，嵌著的那一雙深沉而若有所思的眼神，總是閃爍著無比的黠慧。他踏出學府後，為延聘他的公司所籌劃的經營計劃，可以說沒有一間是沒有賺錢的。他的知名度便由此而開來，今次國家正想藉其才華來起死回生經濟。

申牙落自然明白任務的艱巨，然而他幾乎已成竹在胸，所以一上任，他便祭出好多優渥外商投資的條件來。譬如他對著一群到訪的美國商賈說：

「你們儘管放心到這千島之國來投資，可享五年不必納稅，這對你們來說，一定賺錢的；至於你們身家性命的安全，全包在我身上。」

美國諸商賈初是將信將疑，但也躍躍欲試，於是，先由一、兩位探路而來，也由小資本投資起，不久，便嚐到了甜頭。這一來，大批資本便湧到了，千島之國都城近郊，大小工廠如雨後春筍紛紛林立，產品一隻船又一隻船輸往外國賺外滙，既為國家帶來財富，亦解決失業問題，市況一步步地繁盛了起來。

大家都肯定這是申牙落的功勞，對他無不稱讚有加，申牙落自己也欣慰不已。

千島之國的美好投資環境開始傳播國際，鄰近日本人聞到風聲，心念轉著：地理上，日本較美國更接近千島之國，有利頭可得，豈有讓人搶頭先登的呢？

可是日本人自知並非美國商賈的競爭對手，申牙落卻不以為然，便對他們鼓勵說：

「投資是多方面的，行業是那麼多樣化，各人投資各人的行業，不是皆大歡喜嗎？」

日本人本來就垂涎千島之國南部廣大的肥沃土地，經申牙落一勸勉，除有人投資工業，更多的人便往南部開拓果園、漁業。經過改良的果子，是又大又甜；蟹蝦又是那麼新鮮美味，反銷日本市場，竟供不應求，日本投資商賺了大錢，當地村民生活也獲得改善。

緊接著，南韓人、台灣人亦先後來投資了，申牙落熱情歡迎說：

「素聞兩貴地五十多年來教育之成功，科技人才濟濟，唯地小人稠，若肯貢獻於吾國，我將與國會切磋，授爾等移民之便。」

一時間，千島之國工廠「隆隆」之聲日夜以繼，配合「秧歌」遠播雲霄，老百姓都是那樣開心地在各行各業裏忙碌著。

於是，有民謠唱起：

「出了一位申牙落先生，國家不僅馬上有了前途，老百姓從此也有幸福日子可過了……」

一日，申牙落辦公室，來了一批不速之客，他們自稱是來自那個古老東方大國。

「久仰！久仰！」申牙落逐一跟他們握手。「貴國自改革開放以還，將近卅年來，經濟進步之奇速，國力已是當今亞洲一等一了。」

「再過數年，將凌駕英美。」團長接口說。

「是！是！」申牙落有禮貌地順客人之意點點頭。

「所以，咱們這次來，是計劃幫助貴國發展更大的經濟。」團長昂頭道。

「且較美、日更多方面投資。」一隨員唱和說。

「是這樣子啊！」申牙落為人總是那樣謙順。「這真是吾國的大大幸運，我代表吾國家先在這裏向各位致萬二分謝意。」

過了一段時日，一個下午，申牙落的辦公室忽然來了一大群升斗小民，他們自稱都是市集邊租那種小攤位做小買賣的小商人，他們問申牙落道：

「申牙落先生！你是怎樣批准那些古老東方之國的投資者來吾國投資呢？」

「有什麼不對嗎？」申牙落和氣地問。

「不是吾國法律有明文規定，唯有吾國公民才可經營零售業嗎？」一升斗小民問。

「是呀！」申牙落點點頭。

「那麼他們為何也經營起零售業來呢？」

「況且又沒有營業執照！」另一升斗小民接口道。

再一升斗小民亦道：「他們是何方神聖呢？」

申牙落楞住了。「有這種事情嗎？」

「你應該調查去！」眾升斗小民齊聲說。

隔不久，又有一夥有名有牌的影視光碟製造商，造訪申牙落，依然劈頭便問：

「這些古老東方之國投資者是怎麼樣的一批投資者呢？」

「又發生了什麼事？」

「是的，他們盜版光碟的猖獗，既沒有營業執照，又違犯居留條例，這教咱們要如何繼續生存下去呢？」影視光碟製造商們訴苦說。

再不久，一批居民家長也找上申牙落，不客氣問：

「喂！申牙落！你投資主任是如何幹的，吾國是罪惡投資天堂嗎？」

「怎樣？出了什麼麻煩嗎？」申牙落關心地問。

「吾住區不遠處，有夥古老東方之國的投資者，在祕密製作毒品。」

「這是會破壞吾國社會秩序的。」

「更令人擔憂的，吾住區每家皆有大大小小孩兒，一旦被引誘染上毒癮，這教咱們做家長的將如何失望！」

「投資什麼不好，為什麼投資毒品！」

居民家長們七嘴八舌，痛心疾首。

就這樣，千島之國社會開始亂了起來，青年人染上毒癮直線上升。美國人、日本人、南韓人、台灣人紛紛撤資他去，國家經濟一落千丈。一片又濃又厚的灰濛濛烏雲，籠罩在千島之國上空，久久不散！

申牙落獨個兒坐在自家的書房裏，不飲不食，連句話也不說，他已被迫辭去投資署主任，這是他生命中第一次遭遇到挫折，大家都說他根本沒有資格當投資署主任，七批八准任何人來投資；可是，他卻百思不解，這個古老東方之國不是個有高度文化的古國嗎？怎麼國民的德行卻如此糟糕？對犯罪犯法幾乎不當一回事；他想到他們到來時對他誇下的海口，不禁苦笑一聲，也許喜說大話的人，總須小心，他卻太大意了，讓他們走了縫，莫怪他會栽在他們手裏，而失去工作崗位。他不由得深歎一口氣，真不知這些人該歸屬於那一類投資者！

二〇〇三・五月

撞車的故事

朋友！中國文化真地是優秀得不能再優秀？西方文化也真地永比不上中國文化嗎？

那一年，一個黃昏，我跟女兒坐在我在邁阿密開設的東方食品市場門外泊車廣場邊的一棵樹下用冰淇淋，看見二十來步遙的一輛車子正要退出泊車地揚長而去；猛可地，卻有另一輛車子從廣場外迅速開進而來，於是，兩輛車便撞在一起。我跟女兒便瞧熱鬧似的觀看著，但見兩位駕駛者同時下車來，到撞擊處察看，然後就指指點點撞擊處說起話來；由於尚有一段距離，我與女兒自是聽不到他兩在說什麼，也瞧不著兩人的神色。我不覺便聯想起：美國撞車了是怎麼樣處理呢？也是請警察來？才這樣一想，便見兩人已停止了談話，各自拿起筆紙在寫什麼，再互換紙張。換畢，便親熱擁抱一陣，各人才回座開車而去。前後還花不上五分鐘，撞車之事便擺平了。

我跟女兒見了都不自禁錯愕地互望一眼，女兒頗覺好奇地說：

「美國人很有趣，撞了車不但不吵架，反而還親切起來。」

「也許這就是美國人的天真。」我也挺感有意思的。

本來，我很想將這樁事問問當地的美國朋友，你們撞了車就是這麼有意思的嗎？可是，就不知何故，或許是忙吧！當沒有美國朋友在旁，便記起；在旁，便忘記。久而久之，也就將這事淡忘了！

不知在碰到這事後又過了幾年，我一次在邁阿密街上撞上了人家的車。記得那時我惶惶然下車來想著不知該如何處置，卻見對方是一位身高體大的山姆大叔老頭子，年約六十上下，他走過來，出乎我意料之外的，不是責問我為何撞上他的車，而是和氣的、有禮貌向我打招呼：「哈囉！」

我有點愕然，也是笑非笑向他「哈囉」一聲，抱歉說：「對不起，不小心撞上了你的車。」

他察看一下相撞處，依然平和說：「很幸運，只撞了小處，不是什麼大問題。」

「我有投保。」我便說。事實上我當時也只能這樣說，因為平素的大意，我對美國撞車法律竟一無所知。

他微笑點點頭。「那很好！保險公司叫什麼名字？」

我掏出一張名片，把保險公司的名字寫在上面，然後遞過去。

他接過一瞧，眼睛陡地一亮，本能舉起手在禿頂摸一摸，有所驚覺地說：「哦！原來你是××東方食品市場的老闆！」

「是！」我點點頭。

「你可知道嗎？我是常常到你店裏買食品的。」他似乎把撞車事擱在一邊。「我頂喜歡吃中國菜。」

「這樣子嘛！」我感覺有股親切感。

他便自我介紹說起他也懂得做什麼款式的中國菜，也說起邁阿密那幾間中國餐館做的中國菜如何美味可口，他跟內人都經常光顧。……談了一陣子，彼此才握手告別。

事後，在法律上，我雖被邀請到警察局問話去，也光顧一兩次保險公司，然一切均循法律途徑處理，並沒遇到任何麻煩與刁難。

在人際關係上，他每次到我店中買食品，都會向我打招呼；不見到我時，就問店員我到哪裏去了。只要咱兩碰在一起，他就會搭著我講個不停，我發現他為人誠懇又幽默，久而久之，咱兩便成為無所不談的忘年之交。

✣　✣　✣

上個月，在菲律賓岷尼拉我駕車經過華人區花園口，遇上塞車，左右車子一輛擠上來，一輛擁上去。我為閃避左邊擠上來的一輛車子，將車盤稍向右一旋，不意卻輕擦著了一輛從右邊急駛上前的車子後部，我便停下車走下來，對方也停下車走下來。因為是我撞上人家，所以當我一眼瞧見下車來的是一位「堂堂正正」的中國人，我心底不覺一鬆，竊思著：「自己人，好說話！」豈料，對方臉色卻一沉，也許也看出是「自己人」，「正正宗宗」的咱人說，便劈面對我吼過來：「他媽的！你為什麼撞上我的車！」

……

二〇〇三・六月

大國風度

每年八月間的第三星期日，是K埠傳統迎神賽會的節日。

自從老友宗啟兄到K埠經營木材兼建築原料後，數十年來，生意不僅一帆風順，更是賺了大錢，為求生活起居上能夠在那裏平平靜靜過日子，他便「入鄉隨俗」儘情跟當地人打成一片；而於每年的迎神賽會節日裏，打開住宅的大花園，宰羊殺豬，任由K埠方圓百里內的村民出出入入吃個飽。整日裏，偌大花園是擠得水洩不通。老朋友不忘交情，總在這節日前數天，打長途電話邀我參加盛會去，我也不客氣會在這日子起個早，乘上三餘小時的長途客車，趕上觀看九時開始的土著舞──「隨鼓起舞」的隊伍遊行比賽。

往往隊伍遊行完畢，也是正午時刻了。往昔，我會在花園裏隨便找個位子坐下來用飯；今次，宗啟兄卻將我叫住，帶我到花園的一角。我但見那裏特地置放了一塊大圓桌，宗啟兄便指一指圓桌說：「今天有外來的客人。」事實上，我已瞧見圓桌邊早坐了三位外來人。走近後，宗啟兄便為我介紹說：「他們三位是我在大陸上的遠親，前兩天剛好來菲律賓遊玩，今天我便順便請他們到這裏來觀看迎神賽會。」

我向三人微笑點一點頭，三人也回應了我。

「你們就彼此談談吧！」宗啟兄夠忙的，交代一聲，便又招呼別人去了。

燒雞、燒豬、大蝦、肥螃蟹早已放滿了一桌，我便自薦代主人招待說：

「時間已中午，大家用飯吧！」

本來，在那日子，宗啟兄為配合菲村民的習俗，用飯時是不用碟盤匙叉，每人桌前只置了一張洗得乾淨的蛋型香蕉葉子，飯菜便放在葉子上，然後以手代匙叉用飯。這對生活在菲律賓的人來說，是習以為常；相反地，對一個外國人來說，便不以為然。

當我招呼宗啟兄的三位大陸遠親用飯時，便一面向他們解釋菲人以手用飯的習俗，一面差傭人到廚房裏拿碗和竹筷去。

三人聽罷，其中一位年紀較輕的似乎無法想像地問：

「用手要如何吃飯呢？」

「是的，也太不合衛生！」年紀較長的接口說。

「當然是先把手洗乾淨再用飯。」我說。

「但無論怎麼洗，咱人類的手總是不會洗得乾乾淨淨的。」我不知這位長者在大陸上是讀過什麼書。

我靜默下來，不便再搭上什麼話。

三人便「自我見地」一唱一和將話說開來。

長者道：「畢竟是一個文化低落的民族。」

中者道；「這在吾中國，真是不可思議的事。」

年輕者道：「當然！吾族有著五千年之文化也！」

長者再道：「這也就是大國與小國之別。」

在他們三人交談間，我忽瞥見有高鼻子藍眼睛的外國人朝我們這裏走來，我定眼一瞧，原來是宗啟兄的長子帶來的客人，共是三男一女。他來到我跟前，他先向我問候，再介紹說：

「這幾位是我的美國顧客，他們是來菲看樣本，我今天順便請他們來用飯。」宗啟兄的長子三十來歲，在做出入口生意。他請那幾位美國顧客在我們對面椅子裏坐下來。

他們剛坐妥，宗啟兄的長子便跟我剛才一樣，發現桌前只有葉子沒有碟盤，便一方面向那些美國顧客解釋菲人以手用飯的習俗，一方面就差人拿碟子去；可是，其中一位高頭大馬的顧客馬上阻止他說：

「不必了！咱們也以手用飯。」

「這怎麼可以！」宗啟兄的長子不同意。

「有什麼不可以的，人家可以以手用飯，咱們也同樣可以以手用飯。」高頭大馬說罷，不管宗啟兄的長子再有什麼反應，就伸出手抓飯去，其餘三人便也跟進。

用了一陣子，高頭大馬嘴裏一邊嚼著一口飯，一邊掉過頭去，對著坐在他旁邊的女子道：「以手用飯倒有另一番風味。」看樣子，他們是一對夫妻。

「似乎挺開胃的。」女子含笑點點頭說。

「不錯！很有食慾。」另一男子插嘴說。

四人津津有味又繼續用飯。

高頭大馬再說：「回美國後，我每日將不再用麵包，而是要以手代刀叉用飯了。」

大家聽了都哈哈大笑起來，我也忍俊不住笑出聽來；然一陣笑後，我心坎深處但覺好似有股淡淡的眼淚朝內倒流著。

二〇〇三年・十二月

廖老太太的操心

算起來，廖老太太晚年的生活可說也是挺幸福的，雖然丈夫英年早逝，她又沒有受過多少教育，闖不出「掃帚之命」，但兒子長大成家後，事業有成，又頗孝順，不僅家務大小事不肯再讓她操勞，每月還按時給予她零用錢用，媳婦又是那麼細心服侍她；而四位孫兒女更是祖母長祖母短，一家三代樂也融融地生活在一起，令她終日喜上眉稍，心怡神悅。

有道是，人一有了幸福的日子，就會自然而然想起保健身體來，廖老太太自是也沒有例外，再加上她年紀已大，醫生囑咐她要多活動活動筋骨；故此，她便學起時髦，也跟著人家在午後到健身室作健身操去；時而再跟在健身室認識的三、四位晚年也跟她一樣有著幸福日子可過的祖母輩朋友，到館子飲茶聊家常。

一日，廖老太太在館子跟兩位朋友聊著，話題不知不覺搭上了時下的綁架問題。

「對了！你兩有聽到消息嗎？說是今晨在巴西市，有對華裔小兄妹上學去，在校門口被綁匪綁走。」坐在廖老太太左邊的陳老太太說。她年齡跟廖老太太相若，也已六十開外；但那白嫩發福的身材，一瞧便知她自來就生活在富裕裏。

「沒有聽到。」坐在廖老太太右邊的蔡老太太搖搖頭，她身材同廖老太太一樣，不瘦不肥，恰到好處，只是兩鬢已見斑白。「倒是前兩天有見到一則新聞，說有一位小華生在岷市華校附近被綁走。」

廖老太太聽陳老太太的消息，再聽聽蔡老太太的新聞，默默地始終沒有插上半句話，因為她既沒有消息，報紙也看不上幾字。

「據說，現在綁匪正在轉移目標。」蔡老太太繼續說：「專門向小華生下手。」

「的確！的確—」陳老太太有著同感地點點頭。「瞧瞧這兩、三星期來被綁的皆是小華生。」

「真是水裏睡無一處暖，連無辜的小華生也不得安寧。」蔡老太太不覺感歎地說。

廖老太太雖然靜靜坐在一旁沒有作聲，心坎卻愈聽愈越發慌；畢竟她還有四位孫兒女，雖前兩位已是中學生，後兩位卻還就讀小學部。

是日，回到家，用晚膳時，廖老太太便向兒子提議說：

「打從明天起，孩子上下學都讓我來接送。」

「為什麼？」兒子、媳婦同時愕然問。

「如今綁架風潮如此猖獗，對象又都是孩童，讓孩兒自己上下學去真夠危險。」

「不會吧！」媳婦解剖說：「咱們有自己的車子接送，我又常常喚個傭人陪著，該不會有問題。」

「是的，媽媽！你不需操這份心。」兒子接口說。

「然我不放心。」廖老太太搖搖頭說。

瞧著母親有些堅持，兒子便又再說：「媽！接送孩子上下學，也是樁辛苦事。你年紀大了，實不須如此。這樣吧！我每日多喚個傭人陪他們就是了。」

「不！不！我不放心！」廖老太太只管搖著頭。「我老了！老命已值不了多少，綁匪一旦要來綁我孫兒，我就跟他們拼了！」

望著廖老太太滿髮的黑絲，儘管眉眼間已有些風霜的條紋，可臉色還是豐滿紅潤，這可能跟她早年的勞動有關吧！兒子及媳婦看著老人家如此關愛孫兒，心裏頭既感動又感激。

再一次，廖老太太又跟蔡老太太與陳老太太一起飲茶聊話。

這一次，話題是扯上販毒問題。

是蔡老太太首先發起牢騷。

「唉！昨晚午夜我觀看電視新聞，又有一批大陸新僑販毒被捕了！」

「唉！」陳老太太也嘆了一聲。「這已是見怪不怪的新聞。那一次被捕的販毒者沒有大陸新客呢？」

「真是羞辱了中國人的名字。」蔡老太太無奈聳聳肩。「我百思不解，為什麼今天唐山人會變得如此呢？想想從前咱們的長輩，他們也同樣來自唐山，然他們無論如何貧困，遭逢什麼大苦難，依然是奉公守法。」

「這自然是跟國家的教育有關。」陳老太太有見識地說。

廖老太太仍舊靜靜坐在一邊只管聽不接口。這幾年來，她雖然也聽到了不少有關大陸客販毒的案件，但總覺得純屬是一些犯罪事，今忽聽到竟扯上什麼國家、教育，還有什麼中國人的，不覺耳目一新，有著醍醐灌頂似的。

一日黃昏，孫兒女放學回到家，么孫在住宅外小公園乘腳踏車遊玩，不小心，腳踏車翻倒，人也跟著跌倒，本以為是小事，豈知卻跌斷了膝蓋骨，延醫治接，敷上石膏，卻需在家休養六個月。這一來，便不能上學去，為避免荒廢學業，父母親商議聘家庭老師到家中來給予補課；於是，經朋友介紹，請來了兩位女老師，一是督導英文，另一是中文。督導英文者是位菲律賓人，中文者為一移民菲國不久的大陸新僑。廖老太太知悉，不禁一驚地問：

「為什麼聘大陸老師來教小季呢？」

「有什麼不對？」兒子迷惑問。

「這幾年來，你沒有看到被捕的販毒者，十之八、七都是大陸新僑！」

「這跟聘請大陸老師有什麼關係？」

「哎喲！你竟然不想一想。」廖老太太但覺她究竟較兒子經歷得多。「所謂『種瓜得瓜，種豆得豆』，不是嗎？一個國家有怎麼樣的教育，就會有怎麼樣的國民；而再所謂『養不教，父之過；教不嚴，師之惰。』大陸老師都未能在大陸上教好他們的國民，又要如何來這裏教好咱們的子弟呢？」

兒、媳聽罷，皆不覺一愣，不知母親在什麼時候增長了那麼多知識，甚還會引經據典，不禁同時噗哧一笑。兒子便道：

「媽媽！事情不會那樣嚴重的，別多操這份心，免得傷害身體。」

二〇〇三年・十二月

文化工作者外傳

我認識於女士是在一個文化遊藝晚會結束後，正當我要離開會場時，老葉匆匆從人群裏鑽出來，拉住我說：

「我介紹一個人讓你認識。」

說罷，也不管我願意與否，就將我帶到貴賓座去。

這時貴賓座的人群雖然也在陸續地離去，卻有個女子還在那裏被一群人包圍交談著。老葉將我拉到她跟前，對我說：

「這就是前兩星期我向你提起的於女士，她出身中國文化學院，國學根基深厚，這次承蒙不辭辛苦，千里迢迢，來這裏為海外中華文化作傳薪工作。」

但見於女士約略三十開外，豐容盛鬋，膚光如雪，風韻有致。

老葉轉向她介紹我說：

「這位是當今華社數一數二的工業兼金融界鉅子，妳今後在工作上要是遇有什麼不便，儘管找他就是了。」

「哦！看樣子，年紀也才四十出頭，就如此傑出。」我瞧到於女士向我投過來一縷羨慕的眼神。「你能將你的電話號碼留下來嗎？」

兩星期後，我接到她的一通電話。

「何先生！冒昧想找你幫忙。」

「儘管說。」

「前個月我接了的上海歌舞團，來電已願意接受邀請，只是……只是開支非常龐大。」

「需要多少？」我問。

「這……」她猶豫一下：「你有時間嗎？」

「為什麼？」

「我想面對面，好把開支項目逐條告訴你。」

「那也好，什麼時候？」

「就現在。」

「在什麼地方？」

「我在家裏，你到這裏來好了。」她便把住址告訴了我。

這是一座高樓的一個單位，我到達時，她已穿戴得整整齊齊地在等我。所以我一敲門，她就迎出來將我請進屋內。但見單位面積雖是小了一點，卻佈置得幽雅清朗。

喝了一杯檸檬汁，歇息一會兒，她將擬好了的一份開支報告書拿出來一面讓我過眼，一面逐條向我說明：團員有多少，來回機票須付多少，膳宿費又多少，車馬費、雜費……等等。

「好吧！一切開支我捐助三分之一。」我說。心想，捐助文化事業，賺錢才有意義。

「你這樣鼎力幫忙，很難得！很難得！」她有些驚愕。「有你做榜樣，餘下三分之二再向他人捐募已是沒有問題。」

天氣漸漸地炎熱起來，是一個仲夏晚上，我又來到她的家裏，那是因為她正在籌畫一個海外中華文化復興基金會，邀我過來商議。

天氣確實夠燠熱的，我坐在客廳才跟她談上幾句話，額頭大汗已直流不已；儘管有電風扇在吹打，幾乎也起不了什麼作用。她見了，便道：

「還是到臥室商談去，臥室有冷氣機。」

「這怎麼可以。」我搖搖頭說。

她看出我的顧忌，噗哧一笑說：「這是什麼時代了，你還如此保守。」

我不好意思跟她走進臥室，有冷氣機調節空氣，商量起事情來的確有精神多了。

「有了這個基金會，我便可放手做許多有關傳薪中華文化的事情；但我算了一算，基金太龐大，籌起來恐怕不是件容易的事。」她說出她的計劃及顧慮。

「妳放心！我除了會盡力幫助外，我也會向一些朋友募捐。」我直截了當說。

「你很令人佩服。」她瞪著我。「不像別人，出錢必須先計算名利。」

「懂得賺錢，也該懂得用錢；將錢用在文化上，賺錢才有意義。」我不忘我用錢的哲理。

「畢竟與眾不同。」她稱讚我。

「是妳在誇獎。」

驟然，她好似想到了什麼。「光跟你商量基金會，卻忘記我燉了一小鍋的四物雞湯。我就弄一碗給你吃來，解解暑熱。」

她很會解人意，不僅拿來了一碗雞湯，還弄來了一條濕毛巾。「先將手臉拭一拭，再用雞湯。」

我照辦，將手臉拭了，馬上感覺無比舒暢，再彎手想擦項背及肩後，卻覺不便，她便把濕毛巾從我手裏接過去，替我拭了；由於太接近，我從她身上嗅到了一股醺人欲醉的香氣。

「謝謝妳！」我微笑說。

「哦！竟跟我客氣起來。」她也對我迴眸一笑。

我發現，她這一笑真是那麼百媚橫生，我一顆心不禁盪漾一下，但聽到她又說：

「雞湯快冷了，喝下吧！」聲音是那樣柔順，關懷。我心頭溢滿了溫馨。

「時間不早了，喝完雞湯，要不嫌棄的話，就留下來跟我用晚膳。」她再說。

這一晚，我不僅留下來跟她用晚膳，亦留下來跟她同眠至天亮。

自此，咱兩便似漆如膠天天見面不可。她對我的體貼關心，令我欲拒不能；而她一天見不到我，也會悶悶不樂。我幾乎已將全部事業置之不理，只求時刻能跟她廝守一起；既使晚上她遇有文化活動出去了，我也會蹲在她家裏直等到她回來。當然，有關她的文化活動，我更是挺力幫忙。

終於有一天，我接到銀行打來的一通電話，報告我說我開出的多張支票都沒有錢可兌現，我怔一怔，馬上查看出入帳簿，好久沒有查看的帳簿，發現原來已欠了人家一大筆債。這一大筆債，即使我把我所有的產業抵押出去，還是還不清的，所以事實上，我是破產了。接下幾個星期，我便枯坐在辦公室，任由債主們將我的產業瓜分估過去；最後，連我的住宅也被估出去。也許，這打擊委實夠沉重了，令我痛定思痛，但覺都是我太耽溺於於女士的女色，而決定不再想去理會她；然她看見我好久沒有找她去，卻在一個晚上打了通電話來問候，我愛理不理將我破產的遭遇順便告訴了她。她聽罷，無限同情安慰我道：

「人生如潮汐，時起時落，是稀鬆平常之事；只要不失卻鬥志，總有東山再起的一日。金錢是身外之物，不要為它患得患失，損傷了身體。」

於女士一番話，直令我感動不已，我不禁有感，我在患難中，畢竟唯有於女士最知我心，我懊悔錯怪了她，她是一位那樣好的女子！即刻，我有股衝動，我希望我能馬上投進她懷抱，像個小孩，在那裏獲得藉慰。

我披著風衣，踏著星光，來到她家門口，不知何故，一站在其門口，心情便頓覺非常平靜，猶如倦鳥歸巢，什麼不如意事皆離我而去；於是，我舉起手敲門。

敲了好久，卻沒有人應門。

我耐心繼續敲。

終於門開了，她出現在我面前。我是那樣衝動想跨進去跟她相擁在一起，不禁親暱叫起來：

「親愛的！」

「你來做什麼？」她臉色突然變得好難看，我不覺楞住了。

「親愛的！」我又親暱叫一聲。

「亂叫什麼！」

「我……」

「我有客人，咱們正在討論有關文化活動的事情，你走吧！」

的確，我伸長脖子從門外窺望進去，小廳中有個男人的背影正坐在沙發上，然時間不允我多看，門「砰」的一聲關上了；我頹喪地站在門外，一動也不動，良久良久。……

二〇〇四年・正月

不是悲哀是什麼

朋友！你說，做為一個國民，最悲哀的事是什麼？相信，你一定會同意，莫過於就是要回到自己的國土上，居然還需要申請簽證。

他是位華僑，二次世界大戰後，出生在菲律賓；由於菲律賓法律明文規定：「子隨父籍」，所以，他父母親是中華民國籍民，他自也是中華民國籍民。

二十世紀五、六十年代，中華民國是跟菲律賓有邦交的，因此，菲律賓華校被容許接受中華民國當局的指導。他便跟千千萬萬同輩華僑子弟一樣，被啟迪認識孫中山先生領導革命，創立中華民國，被教導唱「三民主義」國歌，向「青天白日滿地紅」旗恭敬，進一步還接受「三民主義講義」教材，要擁戴「領袖」，熱愛「中華民國」；甚至還被要求以行動來表示對國家的認同，如發動「救國」捐款運動、參加暑假「回國」勞軍……。數十年的「教育指導」薰陶下來，他從不懷疑自己的「中華民國」身份。

於是乎，他瞧見島國十大建設成功，他雀躍；他瞧見島國經濟欣欣向榮，同胞豐衣足食、安居樂業，他欣慰；而當得悉台灣成為亞洲四條龍之一，外匯儲備居世界第二，他更是狂喜萬分；再見到台灣以一民主國體出現在國際舞臺，他又感覺那樣驕傲！

相反地，他在電視機前瞧到中華民國退出聯合國，他幾乎馬上要把電視機砸破；看到青天白日滿地紅旗在國際場面被撕被毀，他憤慨、悲痛；他不滿中共打壓台灣國際空間，氣不忿挖走台灣的邦交國……。

他這種怒、這種喜，朋友見了，嘲笑說：

「你是生活在菲律賓，這些事，是好是壞，與你現實生活是絲毫都沒有關係，何必喜怒哀樂為他呢？」

他回道：「在生活上，的確是絲毫與我沒有關係；然在我心裏，中華民國是我的國家。」

他，以做為一位中華民國國民為榮。

尤其，中共在國際間給予台灣壓力愈大，他愈越堅持做為一位中華民國國民。

一次，他要到東南亞玩去，然他手中攜帶的是中華民國護照。「你須要申請簽證。」代為他辦理旅行手續的旅行社職員說。「為甚麼我的朋友們不必呢？」他不以為然地問。「因為他們是菲籍。」「中華民國籍與菲籍有什麼分別？」他又問。「因為東南亞諸國，如菲律賓、馬來西亞、印尼、新加坡和泰國等。鑑於地理關係，共同組織了一個協商；凡彼此國民往來，不必簽證。」旅行社職員解釋說。「原來是地理關係之分別。」他明白過來。「台灣地理是在東北亞，自是不在協商裏。」便讓旅行社代為他辦理簽證手續。

美國為了挽救國家頹廢的經濟，向世界放寬了旅遊簽證，連菲律賓這種窮國家，也包括在內。據說，十位申請簽證去，十位都批准；況且，一下子還是十載為期。他便想：美國現下雖然經濟衰退，但底子畢竟還是堅固，什麼建設還是屬世界第一流，趁這簽證放寬機會瞧瞧去，開開眼界，不是很好嗎？他雖然是中華民國護照，然想想看，菲律賓人申請簽證去是這樣容易，中華民國經濟較菲律賓好上幾十倍，中華民國國民申請簽證去應該是更沒有問題……。

他申請去了，可是，接受他申請的領事館人員卻對他說：

「你想到美國玩去，很歡迎；不過我只能給予你三個月簽證。」

「為什麼不是十載？」他不服。因為比起國力、經濟，台灣都比菲律賓強；為何菲律賓國民是十載期，中華民國國民才三個月期？

「因為你沒有中華民國身份證。」

「我住在菲律賓，自然沒有中華民國身份證。」

「一個國民應該有他國家的身份證。」

他將這一情形向朋友說了。

朋友便對他說：

「你知道嗎？以你海外中華民國的身份，這時想要到新加坡遊玩去，你必需要先申請中華民國簽證，才能申請新加坡簽證……」

「為甚麼這樣子？」他不解皺一皺眉問：「是要去新加坡，不是台灣，為何還要申請中華民國簽證？」

「因為有了中華民國護照與簽證，一旦你在新加坡發生什麼事？菲國可以有權利不接受你時，新加坡就可將你送去台灣。」

「何需這樣子！」他感覺奇怪。「我是中華民國國民，隨時隨地要回台灣，是我的權利。」

「你差矣！」朋友搖搖頭說：「我問你，每次你到台灣去，是否需要簽證？」

「是啊！」他點點頭。

「你不覺得這樣子有些不對勁？」

「不對勁？」他茫然。「什麼不對勁？」

「你是中華民國國民，要回到自己的『家』，竟然還須要簽證！」猶如醍醐灌頂，令他恍然醒悟過來。「對耶！因為生長在海外，自來『回』台灣，總覺是『去』台灣，便以為『簽證』是合情合理。」

「所以，換句話說，你未能如一般國民享有隨時隨地自由出入自己國家的權利。」他低頭默想著朋友的話。

朋友再說：「由此推說，你要『回到』自己的國家尚且需要簽證，想想看，人家還會放心讓你到他們的國家玩去嗎？」

「原來，華僑處境是如此可悲！」他聲音悽愴說。

「幸好！還有仁慈的菲律賓人，有塊土地讓你住。」朋友搭一搭他肩膀，帶著幽默口氣安慰他說。

可是，那知，他這「華僑處境可悲」論調，不知何時卻傳進中華民國在菲律賓辦事的長官耳朵。長官便找他去，一臉神情嚴厲地對他說：

「華僑不是可悲的！華僑不是可悲的！只因為台灣地小人稠，再加上為了安全起見……」這是什麼話？不是更加說明華僑處境的悲哀！真是所謂「此地無銀三百兩」，欲蓋彌彰！

據說：包括中國共產黨在內，孫中山先生手創的老店是中華大地自有政黨成立以來，人才最齊全的組織，居然派了一個如此窩囊廢的長官來菲律賓。他想不通。

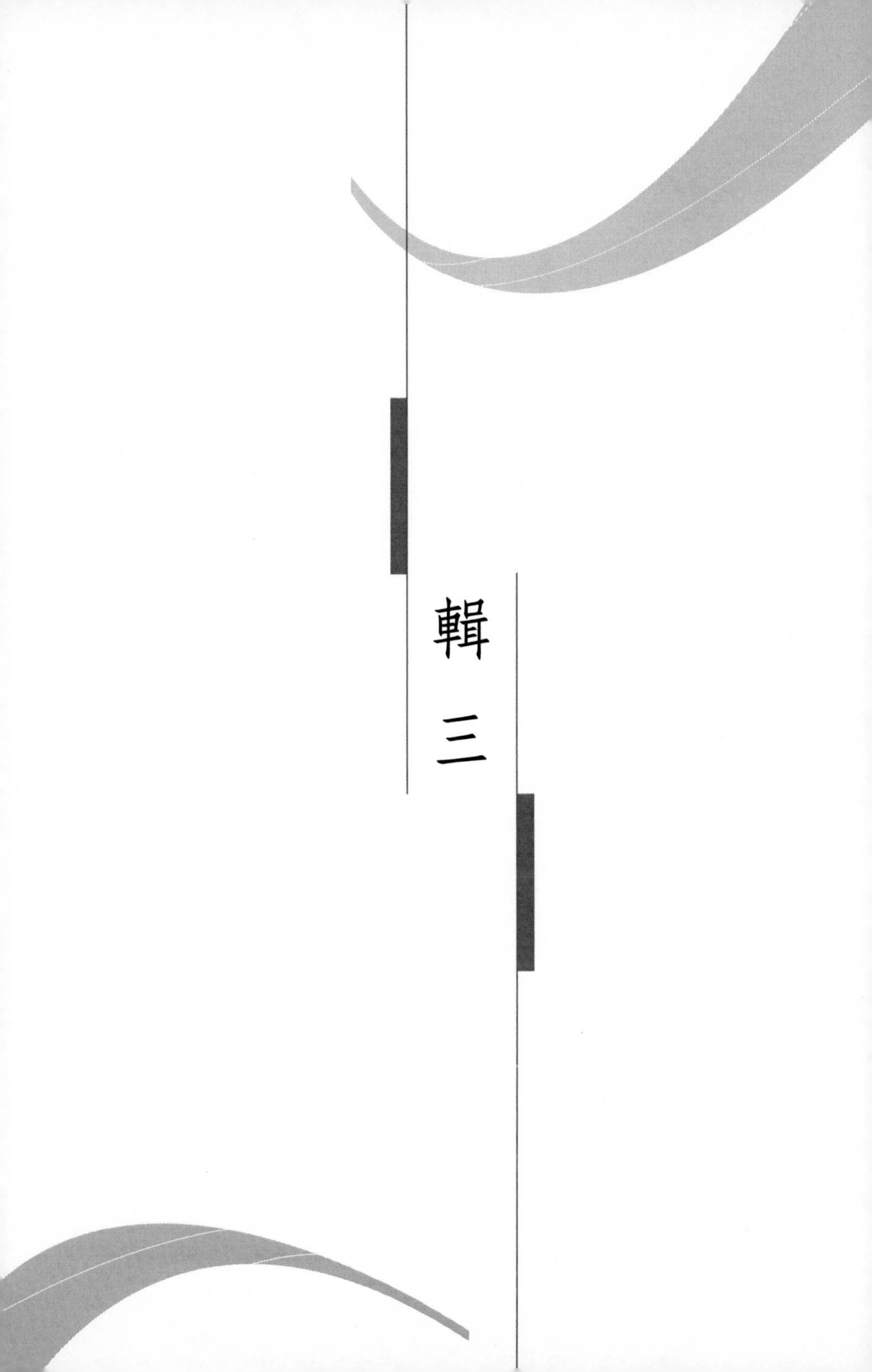

輯三

用筷子的人

傍晚放工回家，一踏進門，八歲小兒隨即跑過來，一面將其成績單高高舉起，一面喊著說：「爸爸！我今年考了第一名。」

「喔！真的？」我本能地反問。

「你瞧瞧成績單。」小兒笑容可掬將成績單遞到我跟前，然後再說：「爸爸！我們現在放暑假了，你什麼時候帶我到中國大陸玩去？」

哦！我這才記起，我曾經答應過小兒說，他只要努力讀書，榜上有名，暑假就帶他到大陸玩去。現在，我總不能失信於孩子面前，看過成績單後，便說：「好，明天就開始辦手續去。」

當晚用膳時，我看到小兒拿刀叉在用飯，我心思一動，便趁機向他教育說：

「你要到中國大陸玩去，就應該學習用筷子。」

「為什麼？」小兒問。

「因為在大陸，大家吃飯都是用筷子。」

「可是我不懂。」小兒臉有悒色。

「不要緊！」妻子在旁邊溫和插口說：「媽媽教你。」

小兒馬上樂了，便好奇地問：

「為什麼在大陸大家吃飯都要用筷子呢？」

「因為中國是一個文明的國家，用筷子正表現了一種文明文化。」我解釋說：「兩條小竹子，細細地夾著菜，是顯得那樣文雅又清逸。所以，用筷子的人，都是文明人。」

「我若懂得用筷子，也是文明人了！」

「當然！」我鼓勵說。

小兒倒有志氣，不出三天，果然學懂了；再過幾天，赴大陸遊玩的手續也辦妥了。一家三口便歡歡喜喜地登上了飛機。

很是學以致用，來到大陸，每日三餐，小兒都跟咱兩一起用筷子。這的確是省卻一大麻煩，因為在大陸，幾乎每一間餐館，食桌上皆唯排上筷子，沒有刀叉，便不必再向店小二要附刀叉。

一日，也許是我們合該有「眼福」，我們在一間飯館用飯，對面桌正坐著兩位當地人在用飯。這兩位當地人較我們先到來，我們才用上一半，他兩已用完了飯。

「爸爸！你瞧一瞧。」小兒忽然停下用筷，滿臉不自然地稍為指一指對面桌，放低聲音對我說。

我伸長脖子望過去，但見那兩位當地人用畢飯後，正在休息地放鬆身子談著話。一位彎坐在椅子裏咬牙籤；另一位一邊幽幽然地吞雲吐霧，一邊將一雙腿子伸直平放在一張空椅子上，露出赤裸的腳丫；我這才注意到，原來這位食客是穿拖鞋來用飯。也不知這位食客有多少年沒有洗澡，足面一層積累得厚厚的垢塵，是又污穢又骯髒，看得令人都想作嘔；而垢穢的足面正跟小兒撞個正著。

「爸爸，我吃不下去了。」

何嘗是小兒吃不下去，我也吃不下去。

妻子便道：「花些冤枉錢，再到別間館子吃去。」

離開飯館，我滿肚子牢騷地對妻子說：「真是豈有此理！公共場所，絲毫規矩也不懂。」

「那有什麼辦法！」妻子感慨地說：「一個國家的國民，文化素質的培養，是非常重要的。」

「說得也是。」我也有同感。「不然，就跟野蠻人無異。」

「但是他們都是用筷子的人。」小兒忽地插進口說。

「你瞧見了？」我故意問。

「我注意到。」小兒肯定地說。

我知道我的教育出了問題，便苦笑說：「有時也有例外。」

可是小兒的臉龐，卻有著異樣的神情，他似乎有他自己的看法與想法。

✣　✣　✣

回菲後有一次，我們到一間中西皆烹的餐館用飯。擇座坐下，側邊桌剛好有兩位外國遊客在用飯。在等出菜時，小兒一直目不轉睛地望著那兩位外國遊客，我不覺疑惑問：

「你一直在瞧他們做什麼？」

「瞧他們用飯。」

「他們用飯有什麼好看的？」

「爸爸！你看！」小兒叫起來：「他們是用刀叉用飯，但用得好斯文，又有規矩，十足紳士風度。」

「因為他們是有文化的人。」我說。

菜來了，大家開始用餐。

小兒驟地非常果決地說：
「爸爸！我不要用筷子吃飯，我要用刀叉。」

二〇〇一・二月

鞠躬盡瘁

傍晚時分。

七歲的小嫣在客廳裏，一面看電視，一面用著飯。瞧見父親西裝革履要出門去，便問父親道：

「爸爸！你要到那裏去？」

「吃宴去。」做父親的愛憐彎下腰在小嫣額上吻一吻。然後向小嫣揮揮手。「拜拜！」

「拜拜！」小嫣也向父親揮揮手。

又一日，小嫣又看見父親西裝畢直要出門，又問：

「爸爸！你今晚又要到那裏去？」

「吃宴去。」

「你不是前天才吃宴去嗎？」

「前天是赴人家的就職典禮，今天是要歡送大使回國。」

再一日，小嫣再看見父親要出門，西裝領帶，整整齊齊，便說：

「爸爸今晚要吃宴去。」

「對！妳很聰明，一猜就對。」父親輾然摸一摸小嫣的頭顱。

「要歡送大使回國。」小嫣自作聰明接著說。

「不是。」父親搖搖頭：「大使已經回國了，今晚是要慶祝世界和平日。」

再一晚，小嫣又瞧見父親要出門去，他不再問父親了，因為她知道父親是要吃宴去。只是當父親出門後不久，她忽然心血來潮問母親：

「媽媽！爸爸為什麼幾乎夜夜都吃宴去呢？」

「因為爸爸是當今華社的紅僑領，應酬自然多。」

一夜，父親吃宴時，突然中風倒地，緊急送往醫院，然不幸到達醫院已回生乏術。

設靈期間，諸親鄉朋，社會賢達，都紛紛到殯儀館瞻仰遺容。小嫣跟胖哥哥穿著孝服坐在一邊，瞧著人來人往，弔死唁生都在對母親說：

「先生一生服務華社，最後還是在服務中倒了下去，真可謂鞠躬盡瘁，欽哉！欽哉！」

「哥哥！什麼叫鞠躬盡瘁？」小嫣聽了問旁邊的胖哥哥。

十歲的胖哥哥想一想。「兩星期前老師才教過咱們，說是一個人一生竭盡心力，為國家社會服務，直到死亡了才休止。」

「這樣說來，」小嫣猜想著：「爸爸天天吃宴也是在服務社會？」

「為什麼？」胖哥哥不明白妹妹的話。

「你看，醫生說，爸爸是吃了太多的宴，血管硬塞才死亡；來弔唁的人們，說爸爸是為服務華社而鞠躬盡瘁。」小嫣據實地說。

「我看是的。」胖哥哥細嚼著妹妹的話，不禁點點頭說：「所以做僑領也就是天天吃宴。」

「吃到鞠躬盡瘁，是謂服務華社。」小嫣自以為想通了接口說。

「不對呀！」胖哥哥忽有所悟說：「老師說：服務社會是要任勞任怨的。」

小嫣嘟一嘟嘴，又覺得自己的想法錯了。「是的，媽也反悔說，她寧可爸爸不做僑領，也不要這樣早就離開我們。」

哥妹兩的談話都被母親聽到，母親便插進嘴來說：

「爸爸的猝死令我痛定思痛後，覺得做僑領的應該要真真實實為華社做事，而不是天天吃宴。」

二〇〇一・二月

兒女的教育

朋友問我：

「有幾位孩兒？」

「一男一女。」我答。

這一男一女如今皆已長得高高的，做姐姐的女孩十六歲，弟弟少了兩歲，一同就讀華校中學部。

令我不明白的，對這一對姐弟，我都是在他們屆齡入學之時，將他們送到施行「雙重學制」的華校就讀。所謂「華校」，顧名思義，應該是漢文重於英文，當然，能雙學並重，那是最好不過；然而，數十年教育下來，這對姐弟，雖然每年成績出來，可謂英漢皆同樣表現得非常優越。可是，似乎是成績歸成績，與現實無關，不要說他們不但華文報看不懂，連說起「咱人話」（註一）來，也常常會將文句顛倒；相反地，英文方面，卻能讀、能寫，還一口的流暢。

當然，這是否跟現實環境有關呢？我不得而知。

但是，做為一位華裔，曾經承受中華傳統文化的薰陶，瞧著兒女中文程度的低落，我心中的確有些為難。總覺得該想辦法挽救；可是，想來想去，卻想不出辦法來。

一日，跟老朋友小丁喝咖啡，漫談中，我無意間提到對兒女中文程度低落的擔憂，想不知如何補救。小丁一聽，好似胸有成竹馬上說：

「何不讓他們參加『暑假漢語實習班』到北京學習去！」

真是好主意，我一時竟不想到這點。暑假即臨，青少年閒著，只有到處玩；而能讓他們到北京實習漢語，即可學到中華文化，又不浪費暑假時間，可謂一舉兩得，再好不已。竊喜之下，我不敢怠慢遂為他兩報名去。

兩孩也顯得高高興興願意到北京實習漢語去。

為期六週的暑假實習在闊別中開課又結業了。一行六十多人浩浩蕩蕩地去，現在又浩浩蕩蕩地回來。

在到機場接載他們的一路上，我一面駕著車，一面幻想著他們經過六週實地的學習，中文一定會有大大的斬獲了。所謂「士別三日，刮目相看」；也許，一見面，他們已是一口流利的漢語跟我交談了。

豈知，當他們遠遠看見我時，卻向我揮手大喊：「HI! PAPA!」

接著，我便聽到他們的同行者，彼此也都以英語互道再見。

而回家路上，在車上，姐弟兩人更是依舊我行我素英語菲語交談著，完全跟未到北京去實習漢語沒有什麼兩樣。

我除了感覺無限失望，心想，六週時間也許太短促了！

倒是到了晚上，用畢晚膳，我和內人坐在客廳裏聽著他們姐弟兩人講著他們六週在北京的生活情況及所見所聞。他兩是講得那麼興緻勃勃。忽然，做姐姐的對著我與妻子說：

「爸媽！咱們在北京聽到一樁很不可思議的事。」

「什麼不可思議的事？」內人順口問。

「咱們有一次去聽一場演講，講者說什麼中國要實行一國兩制，要和平統一台灣。」

「是呀！」我說：「和平統一，一國兩制是中國大陸政府為要早日統一台灣，提倡有年的政策。這有什麼不可思議的呢？」

「『一國兩制』，這不是就很不可思議的名詞嗎？」做弟弟的說。

我皺一皺眉，溫和說：「這可能是你們年紀還小，又生活在海外，接觸中國事物少，因而少見多怪。」

做弟弟的卻驟地昂起頭，不服說：「不！放眼瞧瞧今日的世界，那有一個國家實行兩種制度的呢？」

「這你們有所不知。」我解釋說：「由於歷史的錯誤，將中國一分為二；所以，今之中國大陸政府為希望兩岸能夠早日統一，便訴求於一國兩制來委屈求全。」

姐弟兩人聽了我的話，都不約而同低下頭思索著。但過一會兒，做姐姐的卻不以為然搖搖頭說：

「不對呀！這其間好像有存在著問題！」

「什麼問題？」我直瞪著女兒。

「爸爸！不是說社會主義是最適應於中國的社會的嗎？」

「人人都這樣說。」我沒有意見。

「既然社會主義是如此適應於中國的社會，何不以社會主義為訴求來統一中國呢？」

「這……」我一時答不出話來。

「這樣說來，」做弟弟的也有所見地說：「大概是社會主義不好，不受中國老百姓歡迎，所以才無法以社會主義統一中國。」

「應該是的。」做姐姐的思量一下，同意點點頭說：「社會主義不好，又一時廢不得，北京政府才想以一國兩制統一兩岸。」

「其實，」做弟弟的忽地理直氣壯說：「這已是一個什麼時代了，何不來個全民投票，以公決國家該採用什麼制度了事。」

「你說得對，弟弟！」做姐姐的向弟弟豎起大拇指。「讓人民來決定國家的前途，這樣不僅可免什麼一國兩制，也不會一個怪怪的『一國兩制』名詞，貽笑友邦。」

陡地，我有所發現，對眼前這對兒女，雖然他們漢文程度低落，然在另一面教育，對世界宏觀思維，民主潮流的認知上，卻是那樣有見地又成熟，我不覺打從心底深處湧起一股欣慰之情。

＊註一：「咱人話」閩南語意即中國話。

師生之間

他擦開打火機，煩躁地又燃上一枝煙。這已是他晚膳後抽上的第五枝了，因為幾乎唯有藉用煙方能稍解他心頭底煩悶。他深深地吸上一口，然後又在廳裏踱來踱去。

他的踱步聲在廳裏清脆地有拍節地響著，但廳裏除了他一人，一家大小在用晚飯後，為避免惹他生氣，或又害怕成為他的洩氣筒，都老早的已悄悄躲進房裏去了。

是的，他今天下午應聘去，又碰了壁。

本來，他對這次的應聘是抱了十足自信，因為介紹他應聘去的是他的一位要好朋友，而這位朋友又跟該公司的老闆是「公巴例」。朋友曾拍胸保證對他說，瞧在「公巴例」份上，該老闆是會給他面子；況且工作又是那樣簡單——管理棧房。他自覺勝任有餘；豈知，當他來到公司，老闆已是那樣方便他，只讓他在表格上填上英文名字與地址，可是，他卻還是填寫得那麼吃力。那生硬發抖的筆劃，猶似一個幼稚園生在初學寫字般。老闆禁不住皺一皺眉頭問：

「你英文受過多少教育呢？」

他尷尬搖一搖頭。「沒有。」

「連點基本教育也沒有？」

他只能苦笑。

事實上，不要說他從未接受過任何英文教育，既使是自身的母語方塊字，一籮子他也僅認識那樣一丁點。在那年代，家鄉連綿不斷的政治運動，已夠他們這些那時正剛是青少年的應接不暇，那裏還有時間安心讀書呢？的確地，黃金歲月就如此白白地浪費了！

他聽到老闆沉吟半晌後，和氣地說：

「很抱歉！管理棧房雖是樁容易的事，但棧房裏的貨物都是以英文字稱叫，你連點基本英文也沒有，該如何出入貨物？」

就這樣，再一次，他求職的希望又告吹了！

他佇一佇足，再深深吸一口煙。移民來到這島國，算一算也將半年了，每次求職去，都因「英文不行」而拉倒；好在妻子一到這裏，就在一家華校找到一份教書工作，靠這份微薄收入，一家才能勉強糊口度日。

他繼續踱著步。

突然，房門開了。

妻子小心翼翼走出來，輕聲對他說：

「時間不早了，睡覺去吧！」

「我還不累！」

他愛理不理。

妻子沉吟一下，又輕聲道：

「何不教書去？」

「我才沒有那個耐性跟學生周旋。」

「也未必！這裏的學子容易教導，一唬他們就怕了，也絕不須顧慮會有政治報復；況且，這裏華文教育程度不高，敷衍過關總不成問題。」

✣ ✣ ✣

在一間華校，他站在講台上授課。

「好了！所謂『休休有容』，乃書經言『其心休休焉，其如有容焉』。這句成語我就解釋到這裏為止，你們都聽懂了嗎？」

「聽懂了！」

學生齊應著。

「那很好！現在就倒轉過來，你們解釋給我聽。」他說著，眼光投在一位微胖的學生身上，便伸手指過去。「你！你就解釋給我聽。」

「啊……啊……『休休有容』意思是說……是說……」但見微胖學生站起身，一臉難為情，右手不斷搔著腦袋。

「意思是說什麼？」他開始有些不耐煩。

「意思是說……是說……」

「說呀！」他大喊。

「『休休有容』意思是說……是說……心很大。」

一陣嘩笑聲掃過課室，他氣得面紅耳赤。微胖學子不覺害怕得渾身打起哆嗦，戰戰兢兢地說：

「老師！這太深了，我聽不懂你的解釋。」

「這叫深？」他不理會學子的解釋，厲聲譴責著：「我從未見過像你這樣蠢笨的學生，中文程度是如此差勁！」

✣ ✣ ✣

一天，沒有上課，他閒著在家，便想拜訪朋友去。

他雇了一輛馬車。「載我到MALIT去。」

「MALIT」馬車夫迷惑地皺一皺眉。

「O! O! MALIT!」他鄭重再說一說。

馬車夫沉思著。「但是我從未聽見有一條叫MALIT街名的。」

他正沒有理會處，忽聽到背後不遠處有人叫著老師。

他掉頭一瞧，但見那天被他斥責的微胖學子氣喘喘跑過來。

「老師！要到那裏去？」

「我正要到MALIT去，但是馬車夫不知MALIT在那裏。」

「MALIT？」微胖學子輕聲咀嚼一下，忽有所悟說：「老師！你是否要到那有一所公立小學的MADRID街去！」

「是的！是的！」

「沒有關係，我告訴馬車夫好了。」說吧，微胖學子便對馬車夫說：「我老師要到MADRID街去。」

「原來是MADRID街。」馬車夫弄明白了地笑一笑，然後輕佻地說：「你的老師這樣蠢笨，連一字MADRID也讀不上來。」

微胖學子不滿地瞋了馬車夫一眼。「勿亂批評我的老師，你應該明白，我老師是來自那個從來不講英語的地方，所以他英語講不準、不好是自然的現象。你應該要諒解他，而不是嘲笑他。」

二〇〇一・五月

中文前途論的故事

小兒就讀的華校，在這學期的國文課上，聘了一位新老師，姓伊，大家都稱呼他伊老師。據說是剛從神州過來的。

一次放學時分，我到學校接小兒去。當小兒隨著我要上車時，伊老師剛巧迎面走過來，為表示對老師的尊重，我微笑向他打個招呼，他便對咱兩父子行個注目禮，然後，指著小兒問：

「你的兒子？」

我點點頭。「是！」

「唉！」伊老師馬上輕嘆一口氣，沒有掩飾地說：「你這兒子中文程度差得很，連咱人話也說得不能通順。」

我苦笑一下，但覺這是今天華裔子弟的一般通病。

但是，伊老師卻又繼續說，似乎重心是在我。「希望你能花點時間多注意你孩子的中文。想想看，自從大陸改革開放後，國勢的發展，已是那樣銳不可當。新世紀是中國的世紀，是可預期的了。將來你的孩兒長大了，中文認識沒有幾個字，咱人話又說得吞吞吐吐，如何立足於中國的世紀呢？豈不是沒有了前途了！」

伊老師一番話，幾乎打動了我的心。的確地，這幾年來，誰人不另眼看待今天中國大陸的發展呢？這隻睡獅一旦醒來，將要令全世界地動天搖。報章雜誌這樣說，人人飯後茶餘也這樣說。

於是，我當下便下定決心，要給小兒在中文上亡羊補牢。每晚，我便親自督促小兒的中文作業，也盡量無話找話的跟他用咱人話交談；甚至還警告他，不許他用外語跟咱人朋友對話。可是，我無論出盡什麼方法督促他的中文作業，他也努力地在學，成績出來依然還是很不如理想，這令我有些頹喪與氣惱；再也許，他的咱人話詞句認識有限，無能為力表達，時而唯有用外語跟朋友交談。有一次，他在電話裏跟朋友用外語交談被我聽到了，我便狠狠地把他罵了一頓。他一聲也不敢吭的縮在一邊，暗暗地流著淚。

再也想不出有什麼方法可以改進小兒的中文作業及咱人話之下，我開始對小兒感覺失望！失望所引發心情的不佳，是自然的現象。

是一個黃昏，下班後，我忽然很想到酒吧去痛飲兩杯解解悶。找了一間較清幽的酒吧，由漂亮的領座小姐帶進靠近牆角的座位。方坐下來，隔桌遂即傳來一陣陣「好純正」的咱人話，絲毫都沒有滲雜一字或半字外國語，我不覺一楞，掉頭一瞧，但見是三位咱人青少年正在那裏把杯言歡。看他們的衣著與模樣，我直覺辨別得出，他們非這島國土生土長者；我再瞅他們一眼，發現他們除了把杯，還猛地吃著煙，而再仔細傾聽他們交談下的純正咱人話，卻是三字經滿口飛，似乎每說一句話，非三字經帶頭，便不能表達那句話的意思一般。我不覺有些厭惡起來，心想這三位青少年的品德掉到那裏去了？

正想著，不知何如，小兒的憨直面龐陡地從我的眼角掠過去，我眨一眨眼，便迅速將這影子抓住；隱約間，我好似從這憨直的面龐上讀到文雅、篤厚、勤奮、有責任感，進取心……。應該可以說，是一張充滿燦爛前途的面龐；可是遺憾地，這一張面龐，也是一張有著華人血統的面龐，卻因對自己祖先遺留下來的文字認識得太少，甚或連祖先留傳下來的話語也說得生硬顛倒，因此，前途只好被剝奪了。……但是，忽然間，我腦袋的某一部份竅門猶似開了一開，不覺又掉頭瞧一瞧隔桌三位青少年，這一次，我是那樣仔細的瞧個夠，端的，是正宗得不能再正宗的華人面孔；再仔細聽聽他們滿口三字經的咱人話。也端的，是純正得不能再純正的咱人話，我心頭不禁恐懼起來，自問假使我的小兒也像眼前這三位青少年的德性，我將做何感想呢？是的，是誰發明的邏輯，僅以中文程度高低來判定一位華裔子弟的前途，而品德的培養竟可以完全無關緊要了？

我開始對這邏輯起疑。

不久，一天早上我在報紙上閱到一則新聞，說是有三位華青販毒被捕，被捕者在警察局被介紹給媒體的照片剛好也一同登在報紙上。我一時好奇，睥睨一下照片上的三毒販，但覺非生半熟，就是一下子記不起是在什麼地方碰見過；想了好半天，方記起原來是那晚在酒吧坐在我隔桌的那三位青少年。

這一則新聞，令我對小兒產生無限內疚，而從中悟到一條道理；我們既生長在異地，還是隨遇而安吧！

再隔不多久，一夜，用晚膳時，小兒告訴我說：

「伊老師辭職不教書了！」

我心想，學期尚未結束，伊老師便中途辭職，是發生了什麼事故？

✣ ✣ ✣

一天下午，我路經一間咖啡室，由於天氣炎熱，便進內歇一歇，喝杯咖啡。剛踏入咖啡室，就碰見伊老師也在那裏飲咖啡，彼此打招呼後，便坐在一起一面飲咖啡，一面聊起來。

「伊老師為什麼突然辭職不教書了？」我開門見山問。

「還有資格可教書嗎？」伊老師一臉自我解嘲。

「伊老師為什麼這樣說？」我不解話意。

「你還不知道？」

「知道什麼？」我迷惑。

「我孩兒跟兩位朋友販毒，被捕了，事情都已在報紙上登出。」他好坦然。

我記起那三位青少年販毒的新聞。驚訝地失聲叫起來。「是那三位大約十八、九的青少年？」

他泰然點點頭，接著歎一口氣再說：「都是我教育的失敗。」

在將近半小時的談話下，他除了一而再嗟歎其教育的失敗外，隻字未再提到對小兒中文程度的問題。

二〇〇一・六月

長夜漫漫

幾乎是沒有什麼可以指望的，今晚我又將要繼續挨餓。

很不曉得這是怎麼樣一回事，往昔我在這路邊只要蹲上半天，就有過路者發慈悲賜我買飯錢；今次我已蹲了三天三夜，臏骨都已僵硬了，就是竟還沒有一位過路人肯可憐可憐我。這是否跟近來國家經濟蕭條有關呢？大家身邊都沒有餘錢，我不得而知，但我根本也沒有那個心思去想這些，因為我已是餓得雙眼不斷地發昏。三天粒米不進肚，這不是開玩笑的事，再這樣下去，不出兩天，我可以肯定準死無疑了！

在這三天三夜，我當然也想到其他辦法填肚子，如向朋友借一碗飯錢去，可是，一提到朋友，我就悲從中來，我現在是連一個朋友都沒有了，多少次，朋友遠遠瞧見我就避開，避不開時，擦身而過，便假裝不認識；再不，就是「你是誰？我不認識你，你認錯人了。」朋友碰面打招呼就如此閃避，更遑論借錢了。有次，我就太不識趣，去向一位老朋友商借一百塊，豈知，他一聽便吼起來。

「你以為我的錢是天上掉下來的嗎？」

「我會還你。」

「哈哈！你那來的錢可以還我。」

我有些不悅，便頂嘴說：「當初我祖母在世時，你向我借了不少錢，連一圓至今也未曾還過我，那要怎麼樣說？」

「那是你心甘情願的。」他耍賴。

「我這回就要向你討債。」我理直氣壯。

「你敢！」說罷，便舉起右腿，用力朝我屁股一踢，將我踢出大門，然後警告地喝斥著：「你若敢再踏到我家門一步討債，瞧瞧不將你兩條腿砍斷才怪。」

我只好捧著屁股，忍痛地離去，眼淚已一掬辛酸地滴了下來。想當初，祖母在世時，我要吃要用要玩，祖母是一疊鈔票一疊鈔票塞到我手裏；那時候，我是多麼快活呀！朋友圍繞在我四週是一大堆，猶如眾星拱月，那個不尊我為老大哥呢？既使年紀較我大些的也不例外。

其實，細細反省一下，我今天會落到如此潦倒田地，祖母的溺愛，使我總覺得生活在那樣安全的護航下，還有什麼可愁的呢？因而不思進取；及至祖母離開人間後，我才驟然發覺我在失去支柱後，是那麼脆弱地毫無獨立生活的能力，要想回頭重新來，已為時晚矣！

夜不斷地往深處走，大地起風了，人們在經過一天忙碌後都趕著回家休息，我卻只能縮在路邊的牆腳下任由夜風吹打。四周已逐漸地歸於沉寂，我既飢餓又寒冷，神志開始昏迷了，閉上眼睛伏在膝蓋上，但覺渾身虛弱得如一顆氣球，輕飄飄地在半空中浮盪著。

不知過了多久，遠處忽然響起了「橐橐」的皮鞋聲，在夜闌人靜裏，顯得分外清亮；而由遠而近，似乎是朝我這裏走來。

驟地，鞋聲停止了，似乎就停我跟前；然後，我聽到一個女聲音好像是從很遙遠很遙遠的地方傳過來。

「喂！深夜了，你還蹲在這裏做什麼？」

我感覺眼皮是那樣沉重，睜也睜不開；然我還是強行地張開。抬起頭，但見一位著長靴高跟鞋的時髦女子站在我面前。

「我沒有家！」我氣若游絲地搖搖頭。

她陡地眼睛睜得圓圓的，猶似在我臉上發現了什麼。

「好一張清秀的面龐。」她喃喃地說：「看你天庭開闊，八字濃眉，將來定是個大人物。」

「小姐！別取笑我！」我感覺她是在玩弄我，便苦笑說。

「我是在說實話。」她的確一臉嚴肅。「我問你，你姓什麼？叫什麼名字？」

「很對不起！」我赧赧然地說：「我不知我姓什麼，也不知自己的名字。我誕生不久，父母就仳離他去，我是由祖母撫養長大。祖母有一排屋子出租，咱兩祖孫就靠這租金相依為命，只是後來祖母病危，須付龐大醫療費，便將屋子押掉。祖母不識字，我也僅上過一日的幼稚園，因為瞧著人家小孩是由父母親帶著上學，我卻只有傭人，便哭著不上課，祖母也很諒解。從此我便跟學校沒有了緣，不過，在家裏，祖母總是喊我小狗仔。」不知那來的精神，我一口氣將我的過往生活和盤托出。

「那麼！我問你，你願意嫁給我嗎？」

我不禁怔了一怔，又是苦笑說：「小姐！你沒搞錯吧！那有男人嫁給女人的呢？」

「我就有！」她斬釘截鐵說：「我是個千億富婆，我若嫁了人，財產就要被男人所控制，相反地，我若娶了男人，財產依然控制在我手裏。」

我聽明白，但有顧忌。「可是，我是個落魄者，配得上嗎？」

「我不是說過，你將來定是個大人物。」

對這將近奇蹟的抬舉，我實在有些受寵若驚。其實，我現在最迫切需要的是有飯吃，只要有飯吃，我不但不希罕她的財富，也不會去計較什麼「嫁」、「娶」的問題。

「你願意了！」她看出我接受的神色。

很不敢想像，就這樣，我在一夜之間便成為一位千億富婆的夫婿。也在一夜之間，我的知名度傳播了整個中國城。

如今，我的身價已是位鼎鼎大名的僑領了。在中國城內的一萬二千個的社團裏，我通通都擔任要職；應酬之忙，可謂席不暇暖。朋友碰頭，不再是「避之唯恐不及」，而是「見之唯恐不及」。大家都尊我是「卓越領袖」、「領導有方」，我的名字與照片都非天天見報不可。

一日，中國城僑領們為要挽救華文教育的沒落，召集各界集思廣益討論對策，我當然應邀出席了，與會人士便紛紛要我提供意見，我自忖胸無點墨，然又推卻不得，幸而忽想到前幾天在咖啡室聽到一位朋友大發有關華文教育的偉論，我便拾人牙慧慷慨激昂地說：「現在是二十一世紀，二十一世紀是華人的世紀，所以，相對地，華文將起著一定的價值，做為華人子弟，實在沒有理由不學華文……」我這番話一出，意料之外，馬上獲得與會人士熱烈叫好，都說我很有見地，進而推我為振興華文教育委員會的會長，使我儼然成為華文教育界的一位先驅者了！

然而，冷汗卻不自禁從我背脊滲出。雖說我自幼沒有讀過書，卻自信良心未泯。因為我認為，做僑領及搞教育是兩樁截然不同之事，譬如說這中國城吧！幾乎只要你有錢，肯出錢，你就可當上僑領，這其間，人家是不會過問你的才識、品德的；且做了僑領後，既使你把社會搞得烏煙瘴氣，人家還是照樣拍你馬屁，奉你為完人。所以我毫無愧色勇於擔任僑領，便是看透這中國城本來就是一個沒有原則的社會。

相反地，搞教育就非真才實學，實事求是不可了，若只喊喊話，出出風頭，非但對教育無濟於事，恐怕還會弄巧反拙；目睹天真無邪的小孩的前途因你的愛出風頭而被埋掉，你將於心何忍呢？恐還會背上千古罪名！

「我不要背上千古罪名！」我恐懼地喊起來，醒了，原來我是在作夢，飢腸依然「咕咕」地響，長夜也依然是那麼漫漫……

二〇〇一・九月

咄咄逼人

近年來，報刊常常有論評指責說：對繁體字與注音符號還固執地抱殘守缺不放，不僅令在華社已沒落的華文教育沒有起死回生的希望，且在追不上時代下，大有被時代遠遠拋在後面的可悲慘局；禍延所及，將誤導幾十萬華生子弟，貽害後代。

對這種猶似當頭毫無領情的棒喝指責評論，我每次閱後，一顆心便會馬上感覺跼蹐不安，冷汗從背心滲出；尤其文章結論總是那樣斬釘截鐵，不容置啄指出說：已是到了非用簡化字與漢語拼音不可的改革時候了！

說實地，我對簡化字與漢語拼音是一竅不通，因為我自幼所接受的華文教育都是繁體字及注音符號，而職責所在——對一位執教鞭的我，總不能眼巴巴瞧著華文教育進一步沒落，更不能為了糊口，瞞著良心誤導人家的子弟。

這一來，我不能不重新作一番打算，便決心抱定「吃到老，學到老」的自強不息精神，從頭開始學習簡化字及漢字拼音。

所謂「因地得宜」，我希望能學得快些，好馬上投入教學；而要學得快的唯一辦法，就是到簡化字與漢字拼音發源地學習去。於是，我便毅然地飛赴北京去。

到了北京，我不覺地大大吃了一驚，因為整個北京城全變了！是的，變得好進步，但也變得好西化——一種資本主義的西化。記得當年，我還是個中學生，俄國無產階級革命的成功，猶似一塊大磁石深深地吸引神州大地成千成萬的青年人。在如癡如狂地捲入這個浪潮下，北京城裏的青年人，幾乎人人手裏都帶著一本馬克斯譯著，時時在研讀著，儘管譯者的文字是那麼生硬，且又錯誤百出。但是，幾乎沒有一位青年人不相信，中國的出路，唯有走馬克斯主義路線。馬克斯主義在中國青年人的心目中，已是古往今來最進步、最完善的理論；甚至還認定，往後的世界也非馬克斯主義莫屬。可以說，在當時，馬克斯主義已是中國思想界唯一的權威了；相對地，不信這一套的青年人，將被譏為腐朽落伍，受盡排斥。

唯可惜，當我懷著滿腔熱情捲入這劃時代的浪潮，父親卻從南洋來信，催逼我跟母親早日到南洋去，這猶如在我頭上潑下冷水，令我很遺憾地從此遠離了馬克斯主義！

然而，曾幾何時，不說俄國無產階級革命尚未跨上世紀便垮台了；居然在中國，馬克斯主義雖然沒有倒下去，卻也高高地束之高閣起來，走在北京街頭巷尾，再怎麼樣，已嗅不到絲毫馬克斯主義氣息。我不禁地想，是否，馬克斯主義也因其思想追不上時代，在時代潮流沖擊下，被遠遠地拋在後面了呢？

失望之餘，我但覺無限頹喪，再沒有心情學習簡化字及漢字拼音，只好收拾起行李回原居地。

回到原居地。一晚，用畢晚膳坐在廳裏看電視，長孫卻伴在身邊操具精巧小型的手提電話機在跟朋友通訊息，我無意地瞟過一眼；忽然，有所心血來潮地問：

「你這手提電話機可裝有中文文字嗎？」

「有的。」長孫點點頭，便在一顆有著數字的小鍵子上一按，小瑩光幕上馬上浮現出兩字「中國」簡化字體來；然後又一按，榮光幕上便換上兩字繁體字體的『中國』了。

「這裏簡繁都裝了。」孫兒繼續示範說：「要簡，這樣輕輕一按；要繁，也是這樣輕輕一按，都同樣方便得很，這就是當今電腦科技的大進步。」

我不覺心頭陡地有所領悟。是的，這是個電腦時代，一切講究的是如何掌握電腦，操縱電腦，開創更繁密的電腦科技；假使在這日新月異的電腦世界裏，還要花費時間硬分簡繁的難易，這才是華社華文教育的真正悲哀。

至於注意符號與漢語拼音，我記起前不久，學校來了一位資深的學者，在對學生作【研究學術應有的態度】專題演講時說：

「……在這突飛猛進的科技時代，做為一個學術研究者，應該要具備冷靜、客觀，虛心的處事精神與小心求證的科學態度才行。」

我心胸但覺坦然開來，什麼簡化字、繁體字、漢字拼音、注音符號，突然離我那樣遙遠又遙遠了，相反地，我卻似乎隱隱約約地看到當今華校與華生最迫切需要的不是什麼，是一種中國社會自來所沒有的科學精神與素養，這不僅可有效振興華文教育，更是華生將來長大後要立足於世界最需具備的基本條件！

二〇〇一・九月

糾正教學

那一年，我到南島K社一間華校中學教書去。每次上課時，學生總是懶洋洋的不是在打瞌睡，就是在數著下課時間，不管我站在講台上講得如何著力，他們依然是不動於衷地連稍加用心聽講也不願意。這是我在懊惱之下驚愕地發現，他們對學習中文竟然是那樣絲毫不感興趣，而似乎是在父母之命難違下，勉強上課敷衍了事。

也許，職責所在，我對學生這種心態很不以為然，便想該為他們糾正一下；而時下一般華校在鼓勵華生讀中文，大凡是先誘於民族情感，再以國家強興論激發他們的學習慾。

一日，我便照搬辦法，自信是對症下藥地對學生說：

「你們應該要曉得，生為個中國人，就應該要對自己的文化有所認識才是，何況神州這幾年來，是如此速迅地掘起及進步，在可預見到來的二十一世紀，將是中國人的世紀，連帶中文也將成為二十一世紀第一語言；所以，讀好中文，才能立足社會，走向世界。……」

豈知，我話聲甫落，一位高大的男學生便接口說：

「走向世界做什麼去？販毒去？或排攤去？」

班上即刻爆出一陣笑聲。

然後，學生們你一句我一句對白著：

「販毒是要殺頭的——」

「那麼就排攤去。」

「但是辛辛苦苦數十年寒窗，只不過是排攤去，那太不值得了！」

「所以，最好還是不要走向世界去！」

「……」

我怒了。「你們在搞什麼蛋？我不過是向你們強調學習中文的重要性，你們卻瞎扯到那裏去了？什麼販毒排攤的……」

「不！我沒有瞎扯。」那高大的男孩巍巍然站立起來，不服說：「老師！你也瞧得明白的，咱們校門外那些排攤的；不都是剛出外的大陸新客嗎？報紙不也是常常有新聞報導大陸新客出外販毒被捕的消息嗎？」

「這怎樣能相提並論？」我相信我的臉色一定已漲得通紅。

「這怎麼不能相提並論，他們出外不就是走向世界？」

「……」我氣得說不出話來。

忽然有一位女學生也站起來說：「老師！你不需生氣。其實，二十一世紀是否是中國人的世紀？看看今日中國大陸的老百姓，那種千方百計想離開自己國家的情形，這說明了什麼呢？所以，老師，你教你的課，咱們讀咱們的書，只要咱們考試及格，以你以咱們，對學校、對家長都有所交代，豈不是皆大歡喜！」

……

這一晚，在宿舍裏，我腦海一直縈繞著學生的話，而輾轉在床上睡不著覺，便想起床看點書。打開檯燈，在桌旁放置的一堆書裏，正在找尋要看看什麼書好，卻驟地一套厚厚的《四書五經》猶如排除萬書映入我的眼簾。

我呆了一呆，便不知不覺將這套《四書五經》抽出來，然後又情不自禁惋惜萬分地在發黃的書面上輕輕地摸了又摸。

這是一套舊得不能再舊的《四書五經》，我不曉得傳到我手裏已是第幾代了？只是在那無休無止的階級鬥爭年代。一個風高無月的夜晚，我準備離家逃亡，父親卻將我叫住，帶我到地下室。那是祖父早年蓄糧的地方，現在自然是空空如也了。父親在一道牆角撬開兩塊石磚，從一個小洞裏掏出一包用紅緞封得方方正正的東西。他拍去上面的灰塵，遞到我面前。

「帶走吧！」父親說。

「這是什麼？」我問。

「一套四書五經。」

「你還存著！」我驚奇。在那無法無天的年代，祖父因為地主身份，全家被列為『黑五類』，幾乎沒有一天有好日子過，搜家是家常便飯，祖母及母親就是在那慘雲愁霧下被折磨致死。

「哼！他們自以為神通廣大，我比他們更神通廣大。」父親不滿地喃喃說。祖父是位地主，也是位典型的傳統儒士，閒來便一卷在手；他教導出來的五個兒子，在社會上都是中規中矩，正正堂堂的做人。那年代瘋狂得不知叫人如何是好，既要反資本主義，反地主，也要反傳統；多少次，搜家搜出了古書，祖父便被批鬥。大家建議還是將書燒毀算了，祖父卻義正辭嚴地說：「我可以死，書不可以毀。書是一國文化的精神。今天神州雖是瘋了，但只要文化還在，神州還是有救，而瘋了文化又毀了，神州也就亡了——」不久，祖父便過世了，大家也無奈將書毀了。但想不到，父親還是在暗中把祖父最常翻閱的那套《四書五經》收藏下來。

「爹！還是你行。」我欣慰地向父親豎起大拇指。

父親和藹地對我笑一笑。「事實上，這是你祖父彌留時交代的事，他幾乎有先見之明，知道他死後，大家為避免惹禍，一定會將書毀了。做為長子的我，他要我無論如何起碼也要將這套《四書五經》存下來，他說：這是祖上留下來的書，而吾家世代的清譽，都是因為受過儒家文化薰陶。」父親說到這裏，神色一沉，語氣忽地意味深長地再說：「如今，神州大地已瘋到沒失了人性，再往下去，神州文化定會被消滅殆盡。所謂『禮失求諸侯』，希望你能將這套《四書五經》帶到海外去，好好保存下來；有機會，再把它那無價之寶的價值觀在海外傳播開去，也許這樣子藉海外傳薪的方式，方能為中華文化留下點根。」

我接過《四書五經》，小心放進手袋裏，便告別了父親。當然，這一告別，也成永訣。只是父親的話，多年來未曾在我心坎底處褪去分毫。

今晚，面對著這套《四書五經》，父親的話又再一次清晰地在我耳畔響起。同時，他那眉宇間從不向淫威屈服的堅毅神情，與那儒雅風度，也一起呈現在我眼前。

我忽然若有所悟！

翌日，站在課室講台上，我心胸是那樣坦然地對學生說：「各位同學！昨天，我錯了！是的，我不應該以國家興衰來誘惑你們讀中文。事實上，你們的看法也不能說沒有根據；不過，我要你們讀好中文，是有其原因的，因為中華文化的精華，是在於教人如何做人，如何待人處世，更如何將來做個正正堂堂的人。……」

我一番話說得全班鴉雀無聲，潛意識裏但覺現代華生的是非分辨力是不可小覷的。

我在K社教了一年書後，契約期滿，便離開了K社回帆市。

大概是六、七年後，一個星期日下午，我跟內人去參觀一位朋友的畫展。回家後，傭人遞過給我一張帖子說：

「你們剛走，就有一位青年人找你來，知道你跟太太不在家，就將這帖子留下。」

我打開封皮，卻滑出一張小箋來，我便拆開來看：

老師！您好！

很不湊巧，找你來，你卻跟師母出門去。我不曉得你是否還記得在K社那個喜歡跟你作對的學生？但這已不重要，重要的，是你這位學生如今已是一個正正堂堂的律師了，兩個月前他考上了政府，下星期他的律師館就要在K社開業，這一切的成就都是因你的教導有方。

老師！的確地，你是一位我最佩服的老師，你那勇於糾正教學的精神，使我們覓到了中華文化的價值在那裏。也許，我今天的中文程度還是一樣會令你失望，但透過英文研究，我卻在中華文化裏學到了許多做人的道理。所以，為感念老師的教育恩典，我已決定老師為我下星期律師館開業典禮的剪綵人，這殊榮相信老師是當之無愧。我已順便在帖子裏夾上了來回機票兩張。屆時希望能見到你與師母。

本來，我應該等你回來見一見面才離開，無奈我已訂好了下午六時的班機要回K社，等了恐來不及上機，謹盼原諒。

康　安

K社那個喜歡跟你作對的高男生　敬上

二〇〇一・十月

強國的先決條件

雖然在島國，沒有春夏秋冬四季，但每屆一進入十月，也會受季節影響出現日短夜長現象，而在日出前與日落後，空氣裏總又飄散著一股爽涼的清風；尤在經過一天炎陽的撒嬌後，黃昏裏，清風一吹，更令人感覺舒暢無比。

敬輝拎著書本，迎著清風，踏著暮色一步步朝回家的道路走去，他心情是那麼輕鬆愉快。今天下午，學校邀請了位來自北京的權威專家學者做專題演講，由於這位學者在國際間是位非常有名望的人物，所以學校當局規定要全校學生出席聽講，人數之多，就只能在體育館舉行；而敬輝這班高班生，級主任還要他們在聽講後回家寫後感。

專家學者講的題目是「二十一世紀的中國」，講詞一下子便深深地吸引了敬輝。「……經過二十多年的改革開放，隨著祖國綜合國力的崛起，新世紀一來臨，便喜事頻傳，先是申奧成功，再來男足進軍世界杯；而在世界經濟一片蕭條停滯下，祖國經濟卻一枝獨秀地繼續朝前發展，且在十一月加入世貿組織後，經濟更勢將如虎添翼。……這一切的一切輝煌成就，二十一世紀是中國世紀，已隱隱若現了……」

敬輝聽得頗有心得地想：是的，神州歷經百年的苦難後，如一隻睡獅，今天終於站起來了。改革開放二十多年，令神州大地面貌一新；如果往後能夠繼續堅持改革開放再二十年，以中國人的智慧與能力，一個超級強國在二十一世紀一定是可以達到的。……

幾乎是同時，學者演講完了，敬輝也胸有成竹曉得回家如何寫後感了。

他繼續踏著輕健的步履朝回家的路走去，腦海裏卻一直盤旋著學者的講話內容。

來到一個拐角處，他瞧見一爿新開張的「佳而美」快餐室，肚子便不覺空空欲用頓牛肉飯。推門入內，但見櫃台前有秩序地排了四條長龍，櫃台服務生正忙得手亂頭昏。

敬輝自然只有跟人家排起隊來。

排了不多久，他排的這隊的櫃台，收銀機突然發生故障，雖也連經理馬上趕來搶修，然收銀機不聽話就是不聽話；無奈，經理便非常客氣地向排隊的人抱歉，要他們移往他隊去。

就在排隊的人都沒有異議他移時，敬輝背後不遠處，忽然有人用『咱人話』大聲罵了句三字經。這一罵，即刻轟動全廳，是排隊者、用餐者、服務生無不不約而同掉頭朝聲音來處望去，敬輝自也不例外。只見一個平頭瘦身的大陸新客，似乎很不能諒解地忿忿盯著經理，而離他兩、三步遙的櫃台邊，有一婦人倚著櫃面，大概是他的妻子吧，卻向他發出欣悅的微笑。這時，敬輝聽到他旁邊的一位菲人，問他的朋友道：「這人在罵誰？」「別管他，是個中國人。」朋友輕蔑回道。

敬輝一面用牛肉飯，一面心中很不以為然，他實在想不通，收銀機突然發生故障，這是誰也怪不了誰的事情。這樣一件小小事，大家互相諒解遷就一下，和和祥祥重新排起隊來不是了事了嗎？何必火暴的三字經出口罵人才痛快？是否這才是英雄好漢的表現？結果菲人的一句「別管他，是個中國人！」被貶的不是僅他個人，而是整個的中國人！

事實上，這幾年來，對這種事情，敬輝是看得多了；尤甚者，綁架、販毒，更隨新客移菲日增，已是司空見慣。為什麼？為什麼？今之國人品格道德會墜落至此地步呢？為什麼？為什麼？……

他的思維好似陡地觸到了什麼。是的，一個問題，一個「二十一世紀是中國世紀論」。二十一世紀是中國世紀論怎麼樣了?太糊塗了，一時還抓不準具體。

他努力集中精力地抓，輪廓似乎較明顯了，好像是「二十一世紀是中國世紀論」遇到阻力。

他清晰看到了，不是阻力，是根本還不夠條件。

他省悟過來，但覺後感須重新來。

他將最後一口飯塞進嘴裏，拎起書本，三腳併作兩步趕回家去。

回到家，坐下在桌前，他提起筆寫著：

「……說二十一世紀是中國的世紀，我認為是言之過早，雖然說新世紀伊始，傳來自神州的消息，幾乎事事都很得心應手，於是便有人『自作多情』，以為這是中國在新世紀走向強國的預兆，然若能稍用理智地仔細觀察一下，在在都只是一種機遇，也是一種表面的成功，因為這一切還需時間的考驗；而一個真真正正有內涵的強盛國家，其最基本條件應該是國民都有高素質的修養。這一點，我敢大膽地指出，今天神州還沒有具備到；換句話說，今日中國大陸的教育還是落後的，充滿問題的。教育永遠是強家興國的火車頭，怎麼樣的教育，就有怎麼樣的國家，所以，要希望中國能在二十一世紀臻達強國之林，就看今後國家的教育方針如何了……」

二〇〇一・十一月

先從教育自己做起

引言

一次，我赴「祖國統一大會」開會去，正當其時陳水扁一夥伙宣佈在中華民國護照上加上「台灣」字樣的「台獨漸近式」做法，無不引起與會人士義憤填胸，紛紛發言指責，眾口一詞都指出陳水扁一夥伙頑固不識大體，有需要好好再教育一番……

✣　✣　✣

由於大岷區塞車問題愈形愈嚴重，這對住在岷市郊外的我及一家人，的確是愈來愈感覺不方便，因為我的工作所在地及孩子就讀的學校，都在岷市內。所以經過一番家庭會議後，大家都主張搬到岷市住去。

既然要搬到岷市住，第一選區自是華人區。所幸，華人區剛好有一座才建築完竣不久的高樓大廈，分開單位出租。這讓我們不費吹灰之力，便尋到了住家。

搬進去初期，大樓只有寥寥幾戶人家，但每月幾乎都有人家源源搬進來住，不出多久，整座大樓已住滿了人。這時，我才似乎忽有所發現，在出出入入的住戶者裏，竟佔有三分之二強是剛從中國大陸移民來菲的新僑。

一住滿了人，大樓便顯得熱鬧起來，交談聲、喊叫聲、笑聲、罵聲……便成為大樓不絕於耳的一股交響曲。在這交響曲聲中，新僑喉嚨間猶似有其獨到的音調修養——女者高吭尖銳；男者則三字經朗誦聲，不僅朗朗上口，更是鏗鏘有力。

不知是他們需日日夜夜鍛鍊喉子才不致走調。昕晨，先是那高吭尖銳聲，在天邊尚還一片灰朦朦，已代雞啼在喚人起床了；到了晚上，整座樓便好似回到科舉時代，三字經朗誦之聲開始此起彼伏，讓人錯覺以為是秀才們為了赴京考試，正在埋首朗誦讀書，所不同的，是朗誦聲還帶有酒瓶聲；且幾乎夜愈往深處走，是酒瓶聲、朗誦聲便愈發大聲。好多次，我在睡夢中被吵醒，而孩子們也夜夜沒有一個清靜的環境可以作功課。

新僑不僅有獨到的「喉調修養」，更有獨到的「品格修養」。大樓大門入口處，左右邊總置放著兩隻兩用圓筒形垃圾桶，上層是個煙蒂盒，盒下有個小洞可以丟零碎的廢物。事實上，每個樓梯口左右皆放有兩隻這種垃圾桶，為的是方便住戶出入時，時有要丟糖紙或果皮；而有垃圾桶做為目標，也是大家能律己不隨地拋垃圾，好保持環境的清潔；可是，就不知有些新僑是如何搞的，卻將垃圾桶當尿桶，大剌剌站在那裏小解，令門邊梯口總是流了一灘尿水，臭氣薰天，幾使人作嘔，經過時總須掩鼻而過。既垃圾桶是尿桶，大樓每層的走廊間，便成為垃圾場，隨地亂丟廢物、吐痰，更是新僑習與成性的生活。

一晚，隔鄰新僑鬧得有些過火了，我被打擾得頭昏腦漲，自覺還是小事一件，孩子們不能安靜作功課，那才真地不知如何是好。有好幾次，我衝動想要過去跟他們商量商量，請他們節制一點，好讓孩子專心做課業，然而我都抑制住。因為已有經驗告訴我，前些時樓上的小林就為這情況去跟新僑商量，結果換回的是不但不理，還擺出打架的架式要跟小林較量。

「吵得這樣厲害，我根本沒有辦法作功課。」十歲剛出的小女開始訴苦。

「我從未見過如此沒有公共道德觀念的人。」聽到小妹開了話匣，老二便忿忿接口說。

「他們在大陸是沒有讀過書嗎？」老三大小女一歲，望著老二問。

「我那裏曉得，也許這就是他們的教育！」老二不假思索地回答。

「什麼？竟有國家是這樣的教育！」老三感覺驚訝。他生性本較遲鈍。

「不管他們有否讀過書，也不管他們的國家教育如何，我很想搬離這裏。」小女好似滿腔委屈。

「是的。」老三附和小妹說：「我也想搬離這裏，想想咱們從前住在郊外，環境寧靜又清潔。」

「但就是交通不方便。」老二漏氣說。

我坐在離他們不遠處的一張高背椅子裏，一面閱報紙，一面聽他們交談。但聽到小女輕喟一口氣，聲音微弱地顯得那麼萬般無奈說：「真不知如何才好！」

我心頭不覺一縮，馬上五味雜陳，我何嘗也不是不知如何才好呢！

我放下報紙，在心底無聲地也嘆了一口氣。卻見在他們三兄妹談話下，坐在一邊的老大自始至終不發一言，一個人執著地作功課。他素來就沉默寡言。

再一晚，我因接到「祖國統一大會」的通知書說要開會。是夜便換好衣服，要赴會去。踏出臥室經過老大身邊時，他卻將我叫住。

「爸爸，要到那裏去？」他放下書本抬起頭問我。

「今晚『祖國統一大會』要開會。」我答罷，便要離去。

他忽然提高嗓門問：「有用嗎？」

我掉過頭來，不明白他的問話，便反問道：「有什麼用？」

「我的意思是問，這種什麼『祖國統一大會』有用嗎？」

「為什麼你這樣問？」我有些錯愕，凝視著他那開闊穩重的天庭。自幼，他就是一個勤學好動腦筋的優秀學生。現就讀大學二年級，主修哲學。

「促進祖國統一是當今每一位中國人的責任。」我解釋說。

「但是單憑組織什麼『統一會』來促進統一運動。我想，到頭來是不會有什麼效果。」

我不覺又是一愕，自來我就不敢小覷他的思維，便脫口問：「你有何見解？」

「道理很簡單。」他有見地說：「一個國家興衰跟其國民德行的修養總是息息相關的。縱觀這半世紀以來，中國大陸社會道德的迅速墮落，『禮儀之邦』不僅已失去了光輝，國際間也沒有人再認同中國是個講禮的民族，這不但統一不了人家，人家也不會願意接受其統一。說句不好聽的話，這猶如文明者跟沒有讀書的人，永遠是沒有辦法相處在一起的。所以，今天大陸所最迫切需要的，就是先從教育自己做起，重整社會道德，提高國民素質。我敢很肯定指出，唯有當大陸再度成為禮義之邦時，也就是統一大業水到渠成的時候了！要不然，再組織一千個、一萬個什麼『統一會』，皆是無濟於事！」

老大一番話，令我印象深刻。

不久，我們一家又搬到郊外住去，雖然交通較不方便，但卻安於有個清靜且幽雅的環境。

二〇〇二・三月

紅帽子功

話說在東方大地西北邊疆，有座高聳入雲的山峰，名叫延安山，終年白雪覆蓋，草木不生，人煙絕跡。

可是，就在一個風高無月的黑夜裏，突然出現了一高一小的兩條黑影踏著冰雪匆匆地朝山峰跑去。邊跑邊不斷掉頭瞧一瞧背後，跑到山堆亂石間，那高大的便停下來對小的說：

「看樣子，追兵是追向另一方去了，我們就在這裏歇一歇腳吧！」兩人便在石後坐下來。休息了一會兒，小的瞧著高大的在閉目打坐，便囁嚅問著：

「師父！我們現在要怎麼樣辦呢？回城去會被官兵捉去的。」

但見師父慢慢地張開眼，捋一捋那鬆短的鬍鬚道：

「當然！我們是不回城去了！」

「我們將到那裏去？」徒兒雙眼睜得大大地盯著師父。

「你放心！跟我走就是了。」師父站起身，拍去身上的雪花。師徒一前一後朝前走。天邊出現了魚肚白，滿山皚皚白雪已瞧得明白。師徒兩人約走了兩個時辰，又來到了一處亂石間。

師父對這亂石間似乎很熟悉，他走到一塊巨石下，把一些碎石移開，便出現了一個小洞口。

「一個小洞！」徒兒驚叫起來。

「是的！當年你祖師父也是這樣，為了『紅帽子功』被官兵追殺時，就躲在這洞裏教我練功。」師父瞭望遠方回憶往事。忽然，他那炯炯有神的黑亮眸子顯得無比堅決，拳頭捏得緊緊地說：「我一定要讓『紅帽子功』流傳萬世，顯赫千秋；徒兒！從今天開始，我就要將『紅帽子功』傳授給你，希望你能吃得苦中苦，將來好為我們馬門發揚光大！」

✣ ✣ ✣

亞澤下得山來，對這花花世界，絲毫皆不動於衷。經過二十年的苦練，亞澤不僅練就了紅帽子功，更是一身冷血；因而一心一意只惦記著仇恨，好隨時隨地尋覓機會施展紅帽子功，來發揚光大馬門。

不日，來到一小鎮，但見店鋪林立，人來人往，市集繁榮。亞澤眼角稍為瞇一瞇，便馬上看出市集上的商人、商販幾乎個個是渾身銅臭，不覺無名火起，因為渾身銅臭素來就是馬門的敵人。亞澤隨即運起了內氣，一聲「渾身銅臭的資本主義份子」，紅帽子便揮了出去。功夫之高，紅帽子所到之處，商人、商販個個應聲倒地；斷氣的斷氣，不斷氣的也終身成為了「賤民」。

亞澤初試啼聲，效果便如此非凡，不覺信心陡增萬倍，也就得意地哈哈大笑起來；高傲地拍去手中的塵灰，繼續朝前走去。

走了一陣子，已是中午時分，看見前面有間小館子，便想果腹去。

館子雖小，卻富麗堂皇，亞澤不覺蹙一蹙眉，很不以為然，因為師父曾告訴他說，這是階級剝削者消受的地方。果然，亞澤瞇起眼睛朝廳裏一掃，但見食客個個衣著華麗；於是，火又從膽邊生，他不僅不屑進內用飯，還覺得必須給這些階級剝削者教訓教訓。想罷！內氣運起，一聲「反動的資本主義者」，紅帽子一頂頂落在這些階級剝削者身上，斷氣的斷氣，不斷氣也再爬不起來，從此成了『反動的狗仔』。

亞澤又是哈哈大笑起來，拍去手中的塵灰，得意地揚長離去。

是晚，在一間客棧歇腳，已是子時夜半，隔壁的朗誦讀書聲，還不絕於耳，令亞澤無法成眠，他惱怒地下了床，瞇一瞇眼睛透牆而視，但見一位白臉書生還在搖頭晃腦地讀書，不禁一肚肝火直冒起，因為他一生最痛恨讀書人，不是嗎？天下本來是太平的，都是被讀書人搞亂了，所以他一有機會，就會想要給讀書人好看；何況，他現在又有這麼高的功夫在身，便一聲「臭老九的反革命知識份子」，紅帽子穿壁而過。白臉書生雖命大不死，卻也終身成了『臭人』，人們遠遠瞧見就會想避開。

亞澤功夫無敵，在經過一陣子的得意後，卻開始有了寂寞之感。

他要找尋更高的敵人比劃比劃。

於是，便決定到海外去。

來到海外，出乎他意料之外，不僅渾身銅臭的商人、商販比國內多得多，資本主義者的反動意識較國內是有過之無不及；至於臭老九的知識份子，更是桀驁不馴敢於反革命。亞澤一則高興遇到了更高的敵手，一則也決定要使這些階級更加好看——

他蓄足內氣開始出擊。

可是每一次他喊出「階級敵人」，紅帽子揮到對方身上時，便不知不覺化為烏有，猶似對方個個是金剛不壞之身，起不了作用。起初，他以為，是運氣不夠，畢竟敵人是太強了，然而，他無論再加運了十倍、百倍，甚至使出渾身解數，最終也是不濟事。

他有不知所措之感，便想回山請教師父去。

回到山洞，師父正在閉目打坐，他便躡手躡腳走到師父跟前，跪下來，輕聲說道：

「師父！徒兒回來給您請安。」

「不是吧！你是遇到了什麼困難，回來求助師父。」師父慢慢睜開眼說。

「師父有先見之明，徒兒的確在外遇到了問題。」亞澤不敢欺瞞。

「你就說吧！」

亞澤便一五一十把紅帽子功在海外不濟事告訴了師父。師父聽罷，捋一捋鬍鬚，疑惑地說：「怎麼會這樣子？這二十多年來，紅帽子功在你祖師父精益求精之下，已是天下無敵了！」

「我也是這樣想。」亞澤信服地認同師父的見解。

「這就奇了！」師父茫然稍抬起頭，沉思片刻，忽提議道：「我想，還是見見你祖師父去，他或者曉得個中情由，有辦法破解之。」

兩人經過半年多的翻山越嶺，終來到天下第一高峰九天山。

「列寧徒兒！你帶你的徒兒來做什麼？」尚有百里之遠，祖師父就瞧到他兩的到來，更能將聲音從百里之遠送過來。內氣之深奧，令亞澤吃驚不已。

「你祖師父看到我兩了，快拜見他老人家去。」師父背起亞澤，運起輕功，比火箭還快地飛躍過去；不須臾，便來到祖師父面前了。

「馬克斯師父！徒兒向您老人家請安來。」師父說罷便跪了下去。

「馬克斯祖師父！徒孫也向您老人家請安來。」亞澤說罷也跪下去。

「你們不必說，我也知道你們發生了什麼問題。」祖師父直截了當說。

師父不敢做聲，因為他知道祖師父的先見之功來得較他高明。

「紅帽子功在海外遇到挫折，是沒有辦法的事。」祖師父心情平靜地說。

「這是怎麼樣的一回事！」師父怔了一怔。「紅帽子功不是天下無敵嗎？」

「世事不會永是一成不變的！」祖師父有著哲理地說。

「那麼，他們是練了什麼不侵身之功呢？」亞澤插口問。

「民主自由功！」

「民主自由功！」師父喃喃地重覆著，思索著說：「為什麼從沒聽過這名詞？」

「是你孤陋寡聞，在海外，這功夫迅速崛起，並普及化，幾乎孩童在啟蒙時期，都已有了基本的認識。」

「莫怪他們個個身手不凡。」亞澤回想著，忽然非常掛慮地問：「這民主自由功真地好厲害嗎？」

「起碼在今世，它是套最完善的功夫，任誰都破不了它！」

「但是，師父！你的千里眼、千里耳、及那千里話都是今世獨步天下呀！」師父不服氣地提醒祖師父說。

「是呀！師父你的萬里輕功也是舉世無雙！」亞澤接口說。

「都沒有用！」祖師父圓敦敦的臉龐搖了一搖道：「這些到了民主自由功之前，都變成了雕蟲小技。所以你應該明白到，為什麼你在海外施展紅帽子功，人家連理都懶得理你的原因。」

「那這麼一來，吾馬門將如何了呢？」師父急了。

「就讓時代給予它做決定！」祖師父胸懷寬趟地說：「雖說馬門是我所創，但誰人也拗不過時代巨輪。」

「那我該怎麼辦呢？」亞澤想著他花了二十載歲月苦練的紅帽子功，到頭來還是輸給人家，不覺也著急起來。

但見祖師父依然面不改色，胸有成竹似的幽幽對他說：

「修心養性，腳踏實地，好好做人。」

二〇〇二・五月

作假世代

祖、兒、孫一家三代，一起從唐山移民來菲。

祖父已八十高齡，礙於年齡，來菲後只能退休在家；兒子堂上待養，黃口待哺，幸得才四十開外，身體尚稱健朗，因而在中路區開鋪作買賣；孫子十五求學年代，隨風入俗，進校讀書。

祖父在家閒著無所事事，每日除了吃飯、睡覺，時或看看報紙；唯一的消遣就是半躺在搖椅裏望著天花板回憶往事。面部表情有時還會隨著回憶的內容起變化。

一晚，祖父躺在搖椅裏又在回憶往事，大概是回憶到了深層處，渾然忘了自我，唇角不自覺頻頻發出微笑。孫子瞧見了，問：

「公公！你又在回憶得意事了嗎？」

「哦！我……」祖父從回憶裏回過神來。「是……是……我在回憶得意事。」

「什麼得意事呢？」孫子說：「可講給我聽嗎？」

「講……講……可以可以！」祖父連連地點頭。事實上，他是多麼樂意將這得意往事講給人家聽呢！「那是大躍進時期，為了響應毛主席的『多快好省現代化』，七年趕上英國，十五年趕上美國，大家於是拚命搞起高生產來。不須臾，已聽到處處糧量猛增，據說北方某人民公社從畝產小麥二千多斤昇高至七千斤；南方某區稻作也從畝產五百斤昇至八千斤；還聞青海賽什克農場破記錄超出八千五百斤；廣西環江更以十三萬斤奪得全國魁首。做為咱村人民公社的高幹，我心裏很是不服，因為這些數字一瞧便曉得是浮報，我便橫下心也浮報說千斤增加到萬斤畝產。豈知，上級得到報告，便信以為真，派員要來參觀，這可教我慌了手腳，不知如何是好；幸得，情急中卻讓我生出一計來，將十幾畝田地快要收割的穀子移種在一畝田裏，說是一畝所產；再弄來電風扇，日以繼夜地吹打，說是穀子長得太擠，恐密不透氣會導致穀子窒息爛掉，終而瞞過了來參觀的要員……」

「公公！你很會弄虛作假，好厲害呀！」孫子聽得津津有味。

「當然！在那年代，不要點手腕弄虛作假，那有辦法生活呢！」祖父理直氣壯，然後意猶未盡，再說：「即使後來由大躍進引發的大飢饉，全村都處在餓殍邊緣，但一遇有上級要員來巡視，為表示對毛主席政策的正確擁護，我不僅領導全村勒緊腰帶笑臉歡迎，還帶領全村高喊『形勢大好』，巡視要員瞧了感動不已，回去告訴後便譽我為全村模範……」

「公公！你真是有一套！」孫子佩服地豎起大拇指。

再一晚，在用膳時，兒子好像有什麼喜事，再也按捺不住內心的快活地對大家說：「你們知道嗎？前次我到大陸仿冒名牌製造的皮夾，這兩天，一下子便賣完了。」

「這樣有市場！」祖父驚喜地說。

「物又美，價又廉，誰人不喜愛！」兒子得意地說：「那些真皮夾被我砸得一點市場也沒有了。」

「那麼你就多多做些作假生意吧！」祖父鼓勵兒子說。

「當然！在這年頭，不做作假生意還能做什麼？」兒子理直氣壯；然後再說：「我已預備下個月要再到大陸去，製造更多仿冒名牌貨來賣。」

「很好！很好！」祖父贊同地點點頭。

「公公！爸爸！你們同樣都真有一套！」孫子再豎起大拇指。

暑夏來了，學年結束了。孫子高高興興把成績單遞給父親，隨口說：

「我一切科目成績均甲等。」

「那很好！」父親將成績單打開一看，滿意地點點頭。

「爸爸！你答應我的，成績若均甲等，你要買隻勞力士手錶給我。」

「是是是！後天就買給你。」

但後天，郵差卻送來了另張學校的成績單，打開之下，各科成績欄上都打紅，單上還批了八個大字：「性滑心險，根深難移。」

「這是怎樣一回事？」祖、兒皆愕然。

孫子怯了！

「說呀！」

「那……那張滿分的……成績單是我……是我假造的。」

「為什麼要作假？」祖、兒又皆氣憤。

「因為……因為……」孫子提起膽子，理直氣壯說：「因為這樣子，我才能騙取你那隻勞力士的手錶呀！」

二〇〇二・五月

自有活水源頭來

很快地，父親逝世已將近十載了！

每當晚膳用畢，進入書房看書，坐在書案前偶而抬起頭來，面前牆壁上懸掛著的一幅嵌有玻璃框的字軸，就會映進我的眼簾。

而這字軸掛在這牆壁上已足足有二十年左右了！

那一年，我完成大學學業後，就到P鋼鐵公司申請工作。這是一家由西裔家族所擁有，以生產鍍錫鋼板為主。規模之大，員工足有千人以上。

兩星期後，申請書批准了下來。

上班前夕，天空下了一陣大雨，我在芸窗裏觀雨，父親忽然入房來，遞給我一塊各有尺大小的四方玻璃匾，我接過手端詳一下，原來是幅字軸，上面是以一幀邊沿著有淺綠色為界的海棠葉地圖為背景，海棠葉中央襯托著父親親手題上的遒勁挺拔椽筆——

誠信踏實

勤勞本分

父親本就練就一手好筆法，只是我不知道父親那來別出心裁還對這字軸精心設計一番呢！但聽到父親溫和的聲音在耳畔響起：

「明天，你就要在人生旅途上進入社會工作了。做為父親的我，我有責任勸勉你幾句話：一個人在社會上的成敗，首重人格的完整。因此，盼望你今後立足社會能埋首苦幹，實事求是，得寸則寸，好好做人，千萬勿投機取巧。你就將這幅字軸掛起來，好時時勉勵自己。」

父親一生克勤克儉，從不追求份外的享受，生活雖是清苦了一點，卻總是昂頭挺胸朝前走。

二十多年時間過去了。我在P鋼鐵公司由一名不起眼的小員工幹起，工作第一天，便牢記著父親的訓勉；二十多年來，我既從不怠工偷懶；也不敢投機取巧，不僅曾兩度獲得公司頒發的『工作優越』獎，更兩度被公司譽為「最可信任的員工」，而愈加深受器重，步步晉升。如今，我已是公司銷售部的主任了。

今年入夏以來，國際鋼價頻頻上漲，短短一個月內，幾乎已漲了百分之二十。在需靠入口鋼板來鍍錫之下，公司不得不調高價錢。

一日，來了一位常川顧客，他是位從唐山來不久的新僑。爾來，新僑一窩蜂移民來菲，在各行各業都有了他們的地盤。這位常川顧客一踏進辦公室，就劈頭大聲問我道：

「價錢如何了呢？」

「又漲價！」

「不能依照前兩星期的價錢買賣了嗎？」

「你也曉得，國際鋼價日日都在波動，」我解釋說：「所以，公司不得不隨之調價。」

「但才相隔兩星期，你們公司應該還有原貨。」

「有是有，然不多。」我坦言：「因此公司一律調新價買賣。」

「既然有原貨，就該優待一下。」他抓住我的坦言。

我苦笑搖一搖頭。「很對不起！我無能為力，這是公司規定下來的。」

「笑話！」他不服。「你是銷售部主任，應該有某些權利。」說罷，便將臉湊近過來，放低聲音說：「賺了錢，彼此分攤。」

我怔了一怔，睜大眼睛瞪著他，心頭不禁想起：你想賄賂我！皺一皺眉，我稍為不悅。但瞧在「顧客第一」的經商經典下，我忍著，雖一臉顯得和氣溫文，但嚴正地說：

「別這樣子，我從來不做這種事！」

然而，事情似乎無獨有偶，隔了兩、三天，同樣又來了一位新僑的常川顧客，一踏進辦公室就氣鼓鼓對我嚷：

「你們的公司是怎樣搞的，這兩、三星期來，推銷員每一次到我店裏賣貨，每一次就是漲價！」

「某某先生！且息怒！」我抱歉地依然向他解釋說：「我們只不過是隨著國際格價買賣。」

「但應該還有原貨，應該原價賣。」

我依舊向他說明這是公司規定，雖然他的話不錯。

豈料，他忽然放低聲音，跟前者一模一樣地，湊近我：「你是主任，有權利主意，不是嗎？賺了錢，各一份。」

我又是一征，心想：何來多如此作為的新僑呢？只是這一次，我但覺人格受到了莫大的傷害，再也忍不住想要向他咆哮一聲！這是你們做生意的德行嗎？卻見隔案的菲同事掉過頭來，也許他已發現我那難看的臉色有什麼不對，問道：「什麼事情不對嗎？」我也不知何故的，忽感自己「同胞」之事不宜在外人面前露醜，便強按捺下怒火，在唇角擠出一縷笑意，裝腔作樣說：「就是日日都在調整價格，真不知如何跟顧客買賣！」

那晚，回到家，用完晚餐，走進書房。想著日間那樁事，不覺感慨萬千，坐下來癡癡望著牆壁上的字軸，忽發現那以海棠葉地圖為背景的淺綠色邊沿，已沒有了光澤。也許，畢竟經過二十多年的風吹塵染，無論怎麼樣，都難保住它原來的色澤了，只是我平日未曾注意到而已。

定神再呆呆望著這字軸，我端詳著父親生前勁勢磅薄的筆法，然後又端詳那失沒了淺綠色光澤的海棠葉地圖，腦海不由閃過兩句話：

問渠那得清如許，
自有活水源頭來。

二〇〇二・六月

罪案累累下的中華文化

前些時，我在西報用英文撰寫了一篇文章，那是有關中華文化的價值觀。我之所以這樣做，用意是希望在華社提倡中華文化之餘，也能推而廣之，讓友邦人士認識到中華文化。

我撰述的內容，可說是非常簡單，就是將中華文化那些價值觀介紹出來。我這樣寫著：「勤奮、儉樸、信實、家庭觀念、守望相助、及重視教育，乃是中國人隨身至寶；也就是這些隨身至寶，令中國人幾代以來，飄洋過海，身無分文，乃能在海外成就地創造出傲人的事業來……」

想不到，我這篇文章在西報一刊出後，馬上受到了友邦人士的重視。因為不久，C城某中學的校長便來函邀我談話。他是一位很溫和的老人，帶領幾位老師跟我見面；然後，他極尊重謹慎地對我說：

「我讀到你的文章後，感觸良多。的確地，瞧瞧你們先輩來到吾土的成功奮鬥史，使我不能不接受一條至理的邏輯，那就是無論是一個民族、一個國家、或個人，成功總是有其優人的條件。……我想了好久，要是這些優越的文化品德也能融入吾民之生活裏，吾民定將受惠無窮；於是，我就將你的文章拿給董事會、老師看了，也將我的意思告訴他們，他們都跟我有同感；所以我今天邀你來，就是誠懇想拜託你，望你能多多介紹有關中華文化的東西，供我們做參考，好讓我們在不久將來能編入教科書來教導學生。」

我聽了既感動又興奮，不僅認真不輟地撰寫了一篇又一篇有關中華文化的文章供他們參考；還徵得他們的同意，時而在其學校安排一些文化活動。

有一次，我商妥華社一個文化團體到其學校表演民族歌舞，那載歌載舞充滿古色古香的舞風，深深地令師生大開眼界，C城都被轟動起來；於是，欲罷不能，只好再表演一場，是家長、是鄉紳高士都看得如癡似醉。演畢，學校董事會還大大給予這文化團體褒揚一番。

瞧著中華文化能夠如此順利在友邦圈裏起了共鳴，我滿心高興之下，但覺中華文化對友邦的推廣，前途將是一片的燦爛！

豈料，有言「好花不常開，好景不常在」，就在相互融洽交流下，突然間，C城發生了一樁震憾全城的重大事故。學校董事長的千金被綁了！

在經過警方一番地毯式的窮追猛搜後，終逮捕了七名綁匪，救出董事長的千金；而發現一夥綁匪竟都是來自中國大陸的新移民。

一波未平一波又起，更震憾C城居民的事，在三個月後無不令人毛骨悚然。一間規模龐大的毒品加工化學廠，居然於C城為據點，銷售全國或外邦。在警察偵破後，被緝拿的主事者，又是五、六位來自中國大陸的國民。

幾乎在往後的日子裏，一波接一波幾撲滅不息的販毒、綁架罪案，十有七、八，中國人的名字都榜上有名。中國人與罪惡，在友邦人士眼裏，已錯覺地結連在一起了。

可是，華社為進一步弘揚中華文化，不是今天聘請故國某文化人來僑居地做文化專題演講，就是邀請某文化團體來表演，轟轟烈烈的。好像弘揚中華文化是一回事，中國人頻仍的犯罪率又是另一回事，是兩條並行卻永遠不會碰觸的平行線似的。

終於——

一日，我又寫了一篇有關中華文化的文章，帶給C城那中學的校長去。見了面，他倏地冒昧問了我一句話：

「在中華文化裏，是否有其世上文化最優美的一面，還有其世上文化最醜惡的一面呢？」

我不覺怔一怔，校長卻親切含笑繼續說：

「我的意思是說，據我查看中國人今之在本國犯罪紀錄的頻仍，是否跟中華文化有關呢？」

我一時啞然不言。

……

不久，校長特邀我用晚餐。在餐桌上，他那充滿抱歉的神情，顯得非常過意不去地對我說：

「很對不起！讓你花了不少心神，卻要你以後不必再供稿給我們了；但相信你也是明白的，這是無奈的事。現實情況逼人不得不重新再考慮。所以，董事會、家長、老師皆一致要求暫停有關中華文化的活動；而對中華文化價值觀的研究，似更有需重估或從另一角度著眼。……」

我無限悲傷，勉強用畢晚餐，但覺無視國人在海外的犯罪紀錄，中華文化在一般友邦人士眼裏，終將也會受到誤解歪曲！

二〇〇二・八月

化仇恨為革新

我雖身在海外，卻始終不忘我是位中國人。

今日我能住在一座如此富麗堂皇的偌大花園洋房，出入有高級轎車代步，每年少說還要遨遊世界兩、三次。朋友們都無不對我發出羨慕的眼光，甚或有的問我是什麼祕密致富的，我不諱言一一告訴他們說，並沒有什麼祕訣，只是這數十年來，我代理日本汽車零件的全菲銷售權，的確賺了不少錢。

照理，我應該要大大感激一番日本廠商才是，可是，就是不知怎麼樣的，我絲毫感激之情也沒有，因為我總覺得，若是在商言商的話，日本廠商也從手中賺去了不少錢；而另方面，站在國家振興及民族立場來說，我認為，是他們日本廠商該大大感激咱們中華民族，而不是咱們該感激他們。

不是嗎？做為一位中國人，對於日本軍閥當年在中國大地犯下的那一段歷史罪行，誰人不耿耿於懷呢？而戰爭結束後，吾國領導人又是那麼寬宏大量，慈悲為懷，不僅原諒了他們的罪行，更免除了賠償。這種比基督還仁慈的胸懷，這種偉大的傳統美德，令他們戰後能在沒有任何「包袱」下輕鬆地發展國家。所以，想想看，要沒有吾國領導人那偉大得不能再偉大的寬容氣度，日本戰後能夠如此迅速地發展起來嗎？工業能夠一日千里的騰勃起飛嗎？當然了，吾國領導人的仁慈之胸，寬容氣度，也就是中華民族的仁慈之胸，寬容氣度。

因此，有一次，日本汽車零件廠商老闆到東南亞巡迴，抵達了馬尼拉，跟我見面。在邊吃酒邊交談下，從生意貿易談到國際局勢又到生活鎖事。他幾乎喝多了有些醉意，忽然伸手拍拍我肩頭，口舌生硬的邀功道：

「老兄弟！相信你一定跟咱們合作得很愉快吧！畢竟，咱們日本商人是最懂得愛護顧客，從不食言也不失信。」

「是嗎？」我望著他那典型的日本男士臉龐輪廓，本能的當仁不讓回道：「同樣地，咱們中國商人也是最重視守信及承諾。」

「我知道，你很好！」他醉眼瞟我一下，點點頭。「不過，咱們日本人是個優秀的民族，是有很多優點的，如工作積極、有進取心、崇尚效率、一絲不苟……」

「但咱們中國人也是個優秀的民族。」我依然不服氣地說：「有著海涵的度量，弘大的胸襟，更還是個講仁道的民族。」

「講仁道？」他驚異地睜大眼睛。

「怎樣？咱中國人要是不講仁道的話，你們日本戰後能發展得如此迅速呢？」我提醒他說。

「咱們日本的發展跟貴國講仁道有什麼關係？」他迷惘。

「別忘了，」我解釋說：「你們日本軍閥在第二次世界大戰對咱中國的侵略，尤其是南京大屠殺，咱們政府在戰後卻沒有向你們索取一分一毫的賠償，令你們能沒有絲毫包袱的發展國家。」

他怔一怔，臉臉不覺向上挑一挑，額頭的皺紋便顯得更深了。他少說也已五十開外，對這一段歷史相信他是明瞭的。但見他幽幽地說：「若說咱們日本今天有什麼成就的話，那都是咱們日本國民同心協力奮鬥的成果；至於……」他沉吟一下。「至於那個南京殺戮的事，這是戰爭中無法避免的小事一樁。」

「什麼！」我吼起來，怒了。「南京大屠殺是小事一樁！你們日本人真是的，當年如此屠殺中國人，至今還不懺悔。」

他不言，靜靜地瞧著我發怒，雖說他還帶有著三分醉意，卻顯得那麼安逸。

約略一年後，我跟日本廠商代理合約已期滿，續約須重新簽字。於是，廠商老闆又從日本過來。在慶功宴後，他從從容容從公事包裏掏出一疊什麼的，悄悄交到我面前道：

「送給你看！」

「這是什麼？」我問。

「一些有關大躍進及文化革命的資料。」

「要給我看這些資料做什麼？」我迷惑。

「參考！」

「參考？」我更茫然了。

「你不曉得嗎？」他直截了當說了：「最近，世界衛生組織WHO公佈的『世界暴力與衛生報告』，列舉二十世紀人類幾次大災難：很不幸，貴國的『大躍進』居然名列榜首。」

「這是WHO亂報告。」我否決說。

「嗄！不會吧！」他儘量擺出一幅事不關己的討論精神說：「看來，WHO的報告已是夠客氣了，要不然，也將十年文革浩劫括函在內，兩者相得益彰，相信那將是人類史上最可怕又悲慘的災難了！」

「你在亂講這些話是什麼意思？」我開始按捺不住了。

「沒有！沒有！沒有亂講，也沒有什麼意思。」他搖搖頭，再平靜說：「我只不過是要證明一件事，就是若將南京殺戮之事來跟大躍進及文革比一比，是否有些小巫見大巫呢？」

肝火往我頭上衝，我陡地站起身，捏住拳頭重重在案上用力拍下去，嚷著說：

「你想侮辱咱們中國人？」

「豈敢！豈敢！」他臉色稍為一怯，頸項也隨即縮一縮，作態到家的好似他退了一步；然後又怯生生說：「我不過是想實事求是。」

「你……氣死我了！氣死我了！」我一生從未氣得如此火烈，渾身起了激烈的顫抖。「謬論！謬論！一派謬論！」

他卻無動於衷更露骨地繼續說：「即使貴國的領導人，也不是什麼仁慈之胸，寬宏氣度，他們對咱們日本人的免除索賠，事實上，是另有個人的政治目的與利益。」

我氣得再也無法忍耐下去了，恨不得重重揍他一頓。我索性抓起案上所有合約，一不做，二不休，將所有合約撕得破破碎碎。再一面嘰咕地咒罵著，一面起誓道：

「謬論！謬論！真是一派謬論！你……你敢如此侮蔑吾國尊敬的領導人。好！我誓死以後將不再跟你們日本廠商做生意，亦誓死終其生不再代理任何日本的貨物！」

「何須生這麼大的氣！」他依然一幅安閒的神情，唇邊卻忽地漾開一個誠摯的笑。「冷靜一點吧！也許你會從這些謬論裏悟出什麼道理來。」

「從謬論裏悟出道理？哈哈！當我是五歲小孩！」我已無法將怒氣壓下去，只好起身離席。

✣ ✣ ✣

一日，我將這一切事情經過向好友老李訴說了。他聽罷，馬上在食几上重重拍了一下，令几上的咖啡都溢出杯子。「你應該要好好接受這些『謬論』，這些『謬論』絲毫都沒有錯。」

「你說什麼？」我愕住了。

「我說這些『謬論』正針針對著中國人的痛處，也正面地反映著中華民族最悲哀的一面！」

我嘴開得大大地直盯著老李。

只聽他又說道：「想想看！永遠牢記著這仇恨，對國家、對國民有什麼裨益呢？牢記著仇恨，只會製造更多仇恨。其實，是南京大屠殺也好，是大躍進與文革也好，都是彼此的歷史污點。歷史污點是怎麼樣洗也洗不掉的。有時，很可笑的，中共要人民忘掉自己的污點，卻要記住別人的污點。結果，大躍進的慘劇還不夠，再來個文革；所以，吾國有句諺語：『化悲哀為力量』！我也有句話要說：『化仇恨為革新，化仇恨為理智』，那才是正途！」

二〇〇二・十一月

教育

六月，學校開學了，小超開始做起一位中學生來。

回顧六年小學生涯，小超所接受的華文教學，一路走下來，可以說都僅是對「方塊字」的認識。現在進入中學，他要開始接觸中國的事物了；換句話說，也就是要開始學習中國歷史、地理、以及文學文化……等等。

上課後不久，由於已上了幾堂歷史地理課，老師便對他們全班同學講著說：

「中國不僅有著五千年的悠久歷史，還有著燦爛優秀的文化，且幅員又是地廣物博，是以自來便是個古老大國；而近代再歷經社會主義的革命洗禮，這二、三十年來的改革開放，今日中國大陸國運昌盛，民生富裕，已無不令舉世側目。……」

老師一番話，小超牢記在心。他雖是一個生長在海外的華裔，亦與有榮焉感覺有些自豪。

一日下午放學後，他背著書包一步步走回家，來到中路區，忽見一大批警察馳車而至，團團將中路市場圍住，他只道發生了什麼事，便好奇佇足在旁邊觀看著，隔了不久，但見警察押了一批人，魚貫走出市場，他朝那些被押者端詳一望，不禁一怔，個個都是來自祖籍國的「新同胞」，他不知他們是犯了什麼法，便本能問問旁邊也在觀看熱鬧的菲人。

「他們不是逾期居留，就是違犯零售商菲化案！」旁邊的菲人說。

小超不覺便想：「今日中國大陸不是挺富裕的嗎？這些人為什麼還要逾期居留在這裏，再想搶吃人家的零售業呢？」他年紀雖小，倒也懂得「水往低處流，人往高處攀」的道理，實在想不通。

翌日，他便將這疑惑問了老師，老師答稱：「他們是因為受了人家的騙，以為菲島遍地是黃金。」

小超心念又轉著：「發現受騙後，何不馬上就回去？若說沒有了經費可回去，可以向駐這裏的大使館求助，世界各國不都是如此嗎？」他依然不得其解。

再一次早上，他要上學去，住家不遠處突然起了一陣騷動，但見三、四位「新同胞」被幾位警察從一座住宅抓捕出去，他好奇心又起，便問了鄰居是什麼一回事？

「他們販毒！」

小超側一側頭，想著：「爾來常聽好多『新同胞』販毒，中國不是一個有著優秀文化的國家嗎？」

來到學校，他將這問題問了老師，老師道：

「因為他們受了資本主義的污染。」

小超不禁想到有所關連之事。「我爸爸十六歲從中國大陸家鄉來，一貧如洗，為什麼卻能在資本主義生活下，一生克勤克儉，奉公守法呢？」他再次不得其解。

一日，他在市場買了一枝精美又廉價「飛行員」牌子的墨水筆，筆尖細膩又潤滑，他歡喜極了，便帶到學校應用；豈知在一次考試時，墨水筆卻作起怪來，筆尖滴不出墨水，他瞧瞧塑膠管裏墨水還是滿滿的，便用力把筆甩了幾下，墨水流出筆尖來，他便繼續考答，然方寫了幾行，筆尖又不見墨水了；於是，他便一面甩，一面考答，這樣，時間被耽誤了，到交卷時，考卷還餘有四份之一未及答上。

下課後，他滿腹怨氣地對一位要好同學訴苦說：

「我今天這枝筆不知是發生了什麼毛病，考試時墨水老是滴不出來，害我沒能答完考卷。你知道嗎？這枝筆還是『飛行員』牌子的。」

「你買多少錢？」同學問。

「便宜得很！」

「我看大半是冒牌貨。」同學好似瞭然於胸地說：「才這樣不管用。」

「冒牌貨！」小超雙眼睜得大大地。

「今天中國大陸冒牌貨正充斥世界各國市場，雖然價錢便宜，卻容易損壞，到頭來還是划不來。」

小超默然低下頭，心念又轉著：「中國大陸當今不是一個已令舉世側目的國家了嗎？為什麼產品不標上自己的風格，卻處處要仿冒人家的牌子呢？」

但是這一次，他不再把心中的疑團問老師去，因為他覺得，老師的答話總是有些缺少中肯，有問等於無問。

在一日放學後，他口渴，向路邊飲攤要了一瓶冰果汁。付錢時，他掏出一張二十元面額鈔票來，冷不防卻被背後突然伸過來的一隻小手搶走，他掉過頭去，但見一位個子較他還小的菲孩朝對街跑去，他馬上放下冰果汁，一面追，一面氣急敗壞一連聲地喊：「把錢還給我！把錢還給我！」直追到過街路旁一個賣鮮菜小攤。菲童跑進攤內，撲在一位少婦懷裏。

「把錢還給我！」小超站在攤外，惱怒地伸過手去向菲童要錢。

少婦抬頭瞧一瞧小超，問：「是什麼事？」

「他搶我的錢。」小超手指著小童。

小童笑嘻嘻將鈔票遞給少婦看。

「你為什麼搶人家的錢？」少婦嗔目責問小童。

「是小胖教我搶的。」小童怯了，指著不遠處一個較他大得多的胖孩子說。

「你為什麼要聽他的，媽媽是怎麼樣教你的！」少婦生氣了，重重地在小童屁股打了兩下，命令說：「將錢還給人家。」

小童忍住痛，不敢哭出聲來，只見做母親的伸出雙手，把住小童雙臂，拉向自己面前，教誨說：「咱們無論再如何苦，如何窮，也絕不能去搶劫人家的東西、去做傷天害理的事，知道嗎？」

小超聽罷，不覺感動不已，瞧著小童噙著兩包淚水地向母親點點頭，他便對小童說：

「來！一同飲冰果汁去，這二十塊錢夠買兩瓶的。」

二〇〇三・七月

後語

對一位生長在蕉風椰雨島國的華裔子弟。我啟蒙時期，無論是在華校、家庭、或親朋鄉友間，總會聽到長輩們有意無意地這樣告訴我說：「中國是個有五千年傳統文化的古老大國、禮教之邦；中華民族更是個優秀的民族。」及至稍為長大，上了中學，開始涉及聖賢思想的認識，對於那些「忠、孝、仁、愛、信、義、和平」「禮、義、廉、恥」的高超立德之說，無不心焉嚮往之；再至成為大學生後，思維較具成熟了，目睹長輩們守望相助之精神，儉樸勤奮之有成，及那中規中矩地獲得友邦人士之肯定，更是對國人做人處事之哲理心折不已，因而不覺竊喜生為「中國人」是多麼慶幸！

然而，就在我踏入社會工作，為父多年，我卻逐漸地發現，幾乎工商業愈越發達，社會愈越繁榮，人們道德觀便愈越薄弱，風氣愈越敗壞，令我不覺迷惑思索；而到了二十世紀九十年代中旬開始，一批繼一批來自祖籍國的移民，趁著菲國門戶對他們開放的機會，似潮水般爭先恐後地湧進菲律賓來。他們的做人價值觀更是令我吃驚不已。他們的到來，無論身份是合法與否，幾乎都是那麼勇於將人家的法律踐踏在腳下。輕者不是違背人家的零售商菲化案，就是營業沒有執照；重者為達金錢目的，任何殺頭之事都無所不包；況且，不僅幹得有聲有色，還是那麼樣勇往直前。令人不禁懷疑，這跟他們生長的國家制度，社會教育是不是有連帶關係？又是另一樁令我迷惑思索。

幼年時，假日裏，父母親常常帶我們兄弟妹到岷灣公園玩去，及至入了大學，我若遇上什麼困擾，或不能解的問題——包括書本上，我會一個人跑到岷灣公園去，坐在岸邊，面望大海，靜靜地思索問題；再觀看著海浪一波波拍擊著堤岸，時猛時緩，隨潮汐之變而有所不同。

再一次，我又坐在岷灣海岸思索著上述種種問題；只是這一次，我已是上了年紀的人了。朋友得悉，便半開玩笑對我說：「人生已過了半百，凡事還何須如此認真；就將眼前所見所聞之一切當為一種『奇案怪情』，豈不是人生消遣一樁。」

在這時候，老友吳新鈿兄正不斷鼓勵我寫極短篇小說，他的理由是在這訊息突飛猛進的時代裏，人們生活節奏是那樣緊張，競爭又是那樣劇烈，寫一篇一兩千字的極短篇小說，也許會有較多讀者閱讀，因為對方僅需花上八、九分鐘便可閱畢。這樣，讀者無形中便會更多起來，寫的人也就較不冤枉白費心機了。吳兄為人溫文爾雅，曾擔任『菲律賓華文作家協會』數屆理事長，是菲華文壇上一位健將。我心思一動，但覺這些『奇案怪情』正是寫極短篇小說的消遣好題材，再加上身邊發生的一些小故事，我便時而一篇篇地寫下來，不知不覺間，卻成了一冊極短篇小說集。

由於我這一篇篇極短篇小說都是在千島之國所創，正如岷灣波濤，潮漲汐落之聲各有不同。時有呼號、吶喊；時有悲恨、怨歎、無奈；或時有笑哭不得，故我書名便題為《澎湃岷灣》。

最後，必須一提，無論是這本《澎湃岷灣》極短篇小說集，還是《掌故王彬街》短篇小說集，前後這兩本書在結集過程中，都是承蒙吳良源兄的鼎力幫忙，他常常放下工作幫我打電腦、校對、修正。不計較利益以誠相交，令我非常感動。謹在此向他致至誠之謝忱。

國家圖書館出版品預行編目

澎湃岷灣 / 許少滄著. -- 一版. -- 臺北市：秀威資訊科技, 2009. 05
面； 公分. --（語言文學類；PG0242 菲律賓・華文風叢書；3）
BOD版
ISBN 978-986-221-223-3（平裝）

857.63 98006974

語言文學類 PG0242

菲律賓・華文風 ③

澎湃岷灣

作者 / 許少滄
主編 / 楊宗翰
發行人 / 宋政坤
執行編輯 / 藍志成
圖文排版 / 鄭維心
封面設計 / 蕭玉蘋
數位轉譯 / 徐真玉 沈裕閔
圖書銷售 / 林怡君
法律顧問 / 毛國樑 律師
出版印製 / 秀威資訊科技股份有限公司
台北市內湖區瑞光路583巷25號1樓
電話：02-2657-9211 傳真：02-2657-9106
E-mail：service@showwe.com.tw
經銷商 / 紅螞蟻圖書有限公司
台北市內湖區舊宗路二段121巷28、32號4樓
電話：02-2795-3656 傳真：02-2795-4100
http://www.e-redant.com

2009 年 5 月 BOD 一版
定價： 340 元

讀　者　回　函　卡

感謝您購買本書，為提升服務品質，煩請填寫以下問卷，收到您的寶貴意見後，我們會仔細收藏記錄並回贈紀念品，謝謝！

1.您購買的書名：________________________

2.您從何得知本書的消息？

☐網路書店　☐部落格　☐資料庫搜尋　☐書訊　☐電子報　☐書店

☐平面媒體　☐ 朋友推薦　☐網站推薦　☐其他__________

3.您對本書的評價：(請填代號　1.非常滿意 2.滿意 3.尚可 4.再改進)

封面設計____　版面編排____　內容____　文/譯筆____　價格____

4.讀完書後您覺得：

☐很有收獲　☐有收獲　☐收獲不多　☐沒收獲

5.您會推薦本書給朋友嗎？

☐會　☐不會，為什麼？________________________________

6.其他寶貴的意見：____________________________________

____

____

____

讀者基本資料

姓名：__________________　年齡：_____　性別：☐女　☐男

聯絡電話：______________　E-mail：__________________

地址：____

學歷：☐高中(含)以下　☐高中　☐專科學校　☐大學

☐研究所(含)以上　☐其他______________

職業：☐製造業　☐金融業　☐資訊業　☐軍警　☐傳播業　☐自由業

☐服務業　☐公務員　☐教職　☐學生　☐其他__________

請貼
郵票

To：114

台北市內湖區瑞光路 583 巷 25 號 1 樓

秀威資訊科技股份有限公司　　收

寄件人姓名：

寄件人地址：□□□

(請沿線對摺寄回,謝謝!)

秀威與 BOD

BOD（Books On Demand）是數位出版的大趨勢，秀威資訊率先運用 POD 數位印刷設備來生產書籍，並提供作者全程數位出版服務，致使書籍產銷零庫存，知識傳承不絕版，目前已開闢以下書系：

一、BOD 學術著作—專業論述的閱讀延伸
二、BOD 個人著作—分享生命的心路歷程
三、BOD 旅遊著作—個人深度旅遊文學創作
四、BOD 大陸學者—大陸專業學者學術出版
五、POD 獨家經銷—數位產製的代發行書籍